OURS

RETOUR SUR TERRE

NÉ EN 1970, JOHAN HELIOT SE CONSACRE PLEINEMENT
À L'ÉCRITURE DEPUIS 2002, APRÈS AVOIR ENSEIGNÉ
L'HISTOIRE – GÉOGRAPHIE ET LE FRANÇAIS.
À CE JOUR, IL A PUBLIÉ UNE CENTAINE DE NOUVELLES
SUR DES SUPPORTS VARIÉS ET PLUS DE
QUATRE-VINGTS ROMANS CHEZ DE NOMBREUX ÉDITEURS,
DANS TOUS LES GENRES DE L'IMAGINAIRE.
IL ÉCRIT POUR ADULTES COMME POUR LA JEUNESSE
ET ANIME RÉGULIÈREMENT DES RENCONTRES ET DES ATELIERS.
IL VIT ACTUELLEMENT DANS LES VOSGES
AVEC SA FEMME ET SES CHATS.

24-32, rue des Amandiers, 75020 Paris – France

Illustrations de couverture et intérieures : Patrick Connan
Correction : Maxime Gillio, Catherine Rigal
Mise en pages : Audrey Izern

Loi n° 49-956 du 16 juillet 1949 sur les publications destinées à
la jeunesse, modifiée par la loi n° 2011-525 du 17 mai 2011.
Dépôt légal : février 2022. Achevé d'imprimer en Serbie.
Produit conçu et fabriqué sous système de management
de la qualité certifié AFAQ ISO 9001.

FSC
www.fsc.org
MIXTE
Papier issu de
sources responsables
FSC® C117682

JOHAN HELIOT

OURS

RETOUR SUR TERRE

AUZOU
ÉCLAIR+

PRÉSENTATION DES CLANS D'URSINIENS CONNUS À CE JOUR

MORDS-LUNE : Paisibles et curieux, les Mords-Lune abritent parmi eux beaucoup de savants comme Grysard, qui se posent des questions sur leur environnement et leur histoire.

FER-CROC : Farouches et belliqueux, le clan des Fer-Croc vit en autarcie dans sa forêt et est redouté par ses voisins, qui les considèrent comme des brutes arriérées.

VIEIL-OR : Discrets et mystérieux, les membres du clan Vieil-Or sont en harmonie avec la nature et les autres espèces, en particulier les abeilles qui produisent pour eux le plus délicieux des miels.

PANSE-RONDE : Habiles artisans et négociateurs, les Panses-Rondes vivent en grand nombre dans une immense cité au bord de la mer, ouverte sur le reste du monde.

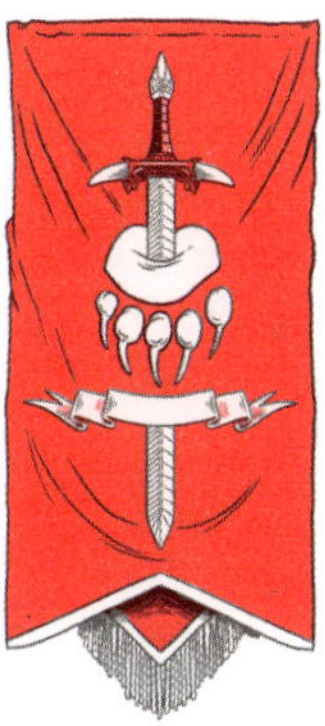

PUR : Hautains, immaculés et redoutables guerriers, les Purs dominent les autres clans par la peur et leur imposent un tribut depuis les sommets enneigés où ils ont trouvé refuge.

1. LA FIN DU TRÈS LONG VOYAGE

Kar-El ouvre les yeux, croyant encore rêver. Une voix mélodieuse lui murmure à l'oreille : « *Je suis vraiment navrée, mais tu dois te réveiller.* »

Le Très Long Voyage a donc pris fin ? Il s'en réjouit, puis constate qu'il se trouve toujours étendu dans son caisson de temps-suspendu…

Ce n'est pas normal. Il aurait dû reprendre conscience dans un cocon d'éveil, comme indiqué pendant sa formation, avant l'embarquement…

« *Comment te sens-tu ? Peux-tu bouger ?* »

Kar-El agite les doigts et les orteils. Le sang circule à nouveau dans ses veines. Son cœur s'est remis à battre sur un rythme normal. Il a encore un peu froid, mais la température s'adoucit peu à peu.

Il s'extrait du caisson avec des gestes maladroits, pose un pied, puis deux, sur le sol de métal. Ses muscles lui obéissent plus ou moins. Au bout de quelques pas, ça va déjà mieux. L'équilibre lui revient avec la maîtrise de son corps, entretenu par l'IA du vaisseau pendant qu'il flottait en état de temps-suspendu.

« *Ne force pas trop*, conseille l'intelligence artificielle. *Je dois vérifier que tu n'as subi aucun dommage.* »

Kar-El remarque alors l'écran incrusté dans une paroi de la soute. Une image s'y affiche, celle d'une planète enrobée de volutes blanches, comme des spirales de fumée.

— Proxima ? demande-t-il, intrigué par le son de sa propre voix.

Cela fait si longtemps qu'il ne l'a pas entendue qu'il l'avait presque oubliée !

« *Non, c'est la Terre.* »

Ce nom issu d'un lointain passé surprend le jeune homme.

— Notre point de départ ? s'étonne-t-il. Comment c'est possible ?

« *Il y a eu un problème. J'ai été obligée d'appliquer le protocole d'urgence. La vie des passagers de la Nef était en jeu.* »

— Explique-toi, commande Kar-El en jetant un coup d'œil sur les alignements de caissons qui font face à l'écran. Quel problème ?

« *Pendant le Très Long Voyage à destination de Proxima, une comète gigantesque a détruit cette dernière. Le projet de colonisation humaine est donc compromis. Et nous n'avons pas de plan B, puisque la prochaine planète habitable se situe à plusieurs centaines d'années-lumière. C'est beaucoup trop loin pour les capacités de la Nef. Elle aurait manqué d'énergie en cours de route pour alimenter les caissons dans chacune des soutes. Les passagers seraient morts sans même avoir pu se réveiller. Mon rôle est de les protéger. La seule solution était de faire demi-tour et revenir sur Terre. J'ai placé le vaisseau en orbite géostationnaire.* »

Kar-El prend le temps d'encaisser la nouvelle avant d'élever une objection :

— Je croyais que la planète originelle n'offrait plus les conditions de notre survie. Le réchauffement global a détruit les cycles naturels et tué la majorité des créatures qui peuplaient la Terre…

Il marque une pause et se justifie :

— Je ne suis pas un historik, juste un tekno. Mais je me souviens des leçons qu'on nous a données avant de plonger en temps-suspendu.

« *Tu as raison, mais cela a eu lieu il y a très longtemps. Assez pour espérer que la situation se soit améliorée depuis.* »

Kar-El pose alors la question :

— Combien de temps s'est-il écoulé depuis notre départ ?

« *Exactement neuf mille sept cent soixante-treize années, onze mois, vingt-deux jours, six heures et…* »

— C'est bon, épargne-moi les minutes et les secondes ! Près de dix mille ans, bon sang !

Kar-El n'en revient pas. Quand ils ont quitté la Terre, l'Humanité était sortie de sa préhistoire depuis deux fois moins longtemps.

Dix mille années supplémentaires se sont donc écoulées. Qui sait quels changements ont pu survenir, à quoi la planète mère peut ressembler à présent…

« *Le protocole prévoit d'envoyer une mission d'exploration pour s'assurer que tout va bien avant le réveil des passagers,* reprend l'IA. *J'ai choisi ton nom au hasard parmi les candidats possibles dans cette soute. Tu es un tekno de classe A. Tu as été formé à l'usage de toutes nos machines. Ton QI est plutôt élevé pour un simple manœuvre…* »

— Merci du compliment, ironise le garçon.

« *Ce n'en était pas un,* rectifie le programme intelligent, insensible au second degré. *Et au cas où la mission échouerait, ta disparition ne serait pas une perte importante. Je pourrais te remplacer facilement.* »

— De plus en plus charmant ! Mais tu ne vas pas m'expédier seul sur la Terre de mes ancêtres, j'espère ?

« *Non, j'ai également tiré au sort un biotik et une protek.* »

— Tu as bien dit « une » ?

« *Affirmatif. Shi-Ma est une femelle de ton espèce.* »

— C'est élégant de la présenter ainsi !

« *Elle maîtrise tous les types d'armement et d'arts du combat. Onésime, lui, est un spécialiste du vivant. Il connaît les espèces de la faune et de la flore répertoriées sur Terre. Cela pourra vous être utile.* »

— Une super soldat et une grosse tête, voilà toute mon équipe ?

« *J'y joindrai aussi une copie de moi-même, pour vous porter assistance dans la limite de mes compétences…* »

— Quelle chance !

« *… et maintenir le contact avec la Nef. À présent, il est temps que tu fasses connaissance avec tes compagnons. Ils t'attendent dans une salle de récupération. Je vais te guider jusque-là.* »

Kar-El suit d'un pas de plus en plus assuré le parcours indiqué par l'IA. Ils traversent un dédale de couloirs tous semblables. La Nef s'étend sur plus de cinq kilomètres : on pourrait s'y perdre facilement !

Environ vingt minutes plus tard, Kar-El débouche dans une petite salle mal éclairée. Là patientent un grand garçon maigre à la peau noire et une jeune femme aux traits asiatiques, bâtie comme une athlète. Les deux portent la même combinaison grise que le tekno. Eux aussi ont perdu leurs poils et leurs cheveux – un effet du traitement de temps-suspendu, heureusement provisoire.

— Onésime et Shi-Ma, je présume ? lance Kar-El avec un geste de salut. Notre copine virtuelle vous a mis au courant de la situation ?

Ils acquiescent en silence. Le tekno remarque alors l'odeur qui flotte dans l'air recyclé.

— Je rêve ou quelqu'un a préparé un vrai café ?

« *J'ai pris cette liberté,* confirme la voix de l'IA. *D'après mes archives, votre espèce apprécie ce breuvage au sortir du sommeil.* »

— Surtout après une sieste de dix mille ans ! Bien joué, ma vieille, tu grimpes dans mon estime… Au fait, on doit t'appeler comment ?

« Mes programmeurs ne m'ont jamais attribué de nom officiel. Parfois, certains me désignaient comme Celle-Qui-Veille-Sur-Les-Passagers. »

— Va pour Celki, alors. Ce sera plus simple !

Kar-El adresse un clin d'œil au biotik et à la protek, toujours muets.

— Tu prends tout ça plutôt à la légère, commente alors Shi-Ma.

Elle possède un timbre agréable. Mais son regard sombre et insistant, sous une absence de sourcils, met le tekno un peu mal à l'aise. Tout comme le silence prolongé du biotik et ses lèvres pincées. Ce gars-là n'a pas l'air ravi d'avoir été sélectionné par l'IA !

— Je suis comme toi, assure-t-il à Shi-Ma, j'aurais préféré me réveiller sur Proxima, dans un environnement en cours de terraformation. Mais ce n'est pas le cas et je n'y peux rien. Nous sommes revenus là où tout a commencé et pris fin pour notre espèce, que ça nous plaise ou non.

Onésime hoche la tête pour approuver. Puis il distribue à chacun un gobelet de café fumant.

— Ne commençons pas par nous chamailler, dit-il enfin d'une voix pas très assurée. On doit collaborer. Le sort des passagers dépendra du résultat de notre exploration. Il va falloir qu'on détermine l'endroit le plus sûr où débarquer la colonie. L'avenir de ce qui reste de l'Humanité est entre nos mains.

Shi-Ma approuve avec un grognement, puis avale d'un trait son breuvage brûlant. Elle grimace et Kar-El ne peut s'empêcher de sourire en coin.

— À votre avis, continue Onésime, qu'est-ce qu'on va découvrir une fois en bas ?

Il y a dans son ton autant d'espoir que de crainte.

— J'imagine que la nature aura repris ses droits, répond Kar-El.

— Mais tu crois que des humains ont survécu au Cataclysme ? insiste le biotik.

Le mot fait frissonner Kar-El. Le souvenir d'images d'actualités vieilles de dix mille ans lui revient en mémoire : de monstrueux incendies incontrôlables, de vastes terres autrefois vertes rendues au sable du désert, une chaleur insupportable tout au long de l'année, l'eau potable devenue si rare qu'on se battait pour elle…

— La vie trouve toujours le moyen de renaître, lâche-t-il finalement.

— Mais sous quelle forme, toute la question est là, conclut le biotik.

Un silence accueille la remarque. Kar-El et Onésime sirotent leur café, perdus dans leurs pensées, sous l'œil imperturbable de la protek.

« *Une navette vous attend sur le pont supérieur*, les avertit Celki, *avec à bord tout le matériel et le ravitaillement dont vous aurez besoin.* »

Sans plus attendre, le trio se met en marche, le cœur battant la chamade, à la fois angoissé et impatient d'abandonner la Nef.

Prochaine destination : la Terre et ses nouveaux mystères !

2. BON OU MAUVAIS PRÉSAGE ?

Grysard n'arrive toujours pas à en croire ses yeux. Il gratte le sommet de son crâne poilu du bout des griffes, avec perplexité. Installé en haut de sa tour d'observation, il scrute le ciel depuis la nuit tombée. Impossible de se tromper…

Mais ce qu'il aperçoit dans l'œilleton de sa longue-vision défie toute logique.

Comment un astre nouveau peut-il apparaître ? La Lune aurait-elle accouché d'un *luneteau* ?

Stupidités et superstitions ! Grysard a déjà démontré que le symbole de son clan n'était pas un être vivant ni une divinité. Non, la Lune est le reflet du Grand Lac Rond perché au sommet du Mont Pur, où vivent ceux du même nom. Un reflet renvoyé par la couronne de glace parsemée de joyaux qui entoure le monde, mais là n'est pas la question.

Car cela n'explique en rien le mystère de la chose nouvelle, accrochée à la voûte céleste !

Plus petite que la Lune, elle brille du même éclat d'argent. Mais elle ne suit pas le même mouvement. Elle n'en suit d'ailleurs aucun. Au lieu de tracer une courbe et disparaître sous l'horizon, elle reste figée à l'endroit de son apparition.

Cette chose semble drôlement obstinée, songe Grysard en fronçant le museau. *Aurait-elle sa propre volonté ?*

Soudain, un mouvement attire l'attention du savant. Un minuscule point lumineux vient de jaillir du flanc de la chose et s'en éloigne de plus en plus vite…

Pour se rapprocher de la surface du monde ! Grysard se frotte les yeux pour vérifier qu'il ne rêve pas. Mais non, l'espèce de moucheron grossit peu à peu tandis qu'il tombe tout droit des cieux. Grysard croit même distinguer ses ailes étroites et légèrement repliées, de chaque côté d'un corps en forme de cylindre. Curieusement, elles ne s'agitent pas. Comment peut-il alors voler ? Ça n'a vraiment pas de sens !

Des coups frappés à la porte de sa tour résonnent loin sous ses pieds, interrompant ses pensées. Qui peut venir le déranger au milieu de la nuit ? Il préfère ignorer l'importun. Mais celui-ci cogne de plus belle. On dirait qu'il va fracasser le battant !

Grysard abandonne à regret son appareil de longue-vision. Il dévale l'escalier en colimaçon aussi vite que possible sur ses pattes courtaudes, sans que les coups ne cessent.

— J'arrive, pas la peine de tout casser !

Un grondement s'élève depuis la rue alors qu'il déboule dans l'entrée.

— Ouvre, Mords-Lune ! Ne fais pas attendre la garde des Purs ou tu vas le regretter !

À ces mots, tous les poils de Grysard se hérissent sur ses bras, dans son dos, sa nuque et jusqu'en haut de son crâne.

La garde des Purs est aussi prestigieuse que redoutée. Si elle a pris soin de se déplacer à cette heure, l'affaire doit être grave. Grysard s'efforce en vain de ne pas trembler tandis qu'il déverrouille son loquet.

Une silhouette gigantesque se dresse devant lui.

— Pas trop tôt, gronde le garde juché sur un destrier couvert d'une abondante toison.

Deux autres colosses armés patientent en retrait, eux aussi montés sur de grands bœufs laineux. Museau pointant par l'ouverture du casque, babines retroussées, ils laissent voir leurs crocs dans une grimace peu engageante.

— Que se passe-t-il ? demande Grysard en espérant ne pas trahir sa frayeur.

Celui qui a parlé renifle et lance avec mépris :

— Tu pues la peur ! On ne te fera pas de mal... Enfile un manteau et viens avec nous. Dépêche-toi, Mords-Lune !

Refuser d'obéir pourrait lui coûter cher. Ou simplement discuter l'ordre. Mais la curiosité de Grysard l'emporte sur la prudence.

— Où m'emmenez-vous ?

— Au palais du Mont Pur. Cesse de discuter. Son Altesse Mahénielle t'attend. Tu n'as pas intérêt à ce qu'elle s'impatiente !

Ils laissent derrière eux la petite cité tranquille des Mords-Lune. Emmitouflé dans son manteau, Grysard se demande s'il la reverra bientôt – ou jamais ?

Une invitation des Purs ne peut se refuser, mais on n'est pas sûr d'en revenir. Comme les autres altesses qui vivent au plus près du ciel, Mahénielle a droit de vie ou de mort sur le peuple des vallées et des forêts. Chacun des clans – Fer-Croc, Vieil-Or, Panse-Ronde et Mords-Lune – se soumet à leur volonté. Il en va ainsi depuis les débuts du monde et ce n'est pas près de changer !

Le sentier suivi par les gardes grimpe à l'assaut de la montagne, bordé par un profond ravin. Un faux pas d'un des bœufs et la chute promet une fin rapide. Grysard essaie de ne pas y penser. Les yeux fermés, il se balance d'un côté puis de l'autre de sa monture, agrippé à ses longs poils plutôt qu'à l'armure de celui qui la guide.

Il aurait préféré effectuer l'ascension avec sa vapomobile. Mais la garde des Purs se méfie des engins mécaniques, comme de tout ce dont elle ne comprend pas le fonctionnement. Ces balourds confondent science et sorcellerie !

Plus ils prennent de l'altitude, plus la température fraîchit. Grysard ne tarde pas à frissonner. Les gardes, eux, sont insensibles au froid. Ils donnent même l'impression d'aimer ça. Ces rustres ne portent même pas de manteau !

Les heures défilent, interminables. La nuit s'enfuit petit à petit. Enfin, le jour paraît en même temps que leur destination, juchée au sommet du Mont Pur, non loin du Grand Lac Rond.

Les tours du palais scintillent aux premiers feux de l'aurore. L'édifice tout entier semble s'illuminer d'or. Le spectacle a de quoi couper le souffle, constate Grysard, admiratif. Surtout l'immense gueule grande ouverte, sculptée dans la glace, qui fait office d'entrée. En y pénétrant, il a l'impression de se faire avaler par un monstre.

Une fois à l'intérieur, ils mettent enfin pied à terre. Le savant est incapable de retenir ses tremblements. Les gardes lui renvoient des sourires moqueurs dévoilant toutes leurs dents, plantées dans leurs larges mâchoires. Puis ils l'escortent dans un labyrinthe de couloirs taillés à même le glacier du Mont Pur. Par endroits, une roche noire affleure sous l'épaisseur d'eau figée à l'état solide. Le décor se réduit à de simples tentures représentant des scènes d'anciennes batailles, glorieuses pour les Purs et leur garde, bien sûr !

— On y est, annonce le chef des guerriers en désignant une tapisserie.

Il en écarte un pan et fait signe au savant de continuer seul.

— Mahénielle veut te parler en privé.

À moitié rassuré, Grysard pénètre de l'autre côté de la toile tissée. Autour de lui, des dizaines de lampes à huile diffusent une clarté laiteuse entre les colonnes qui soutiennent des arches de glace. L'occupante des lieux s'avance à sa rencontre d'une démarche à la fois gracieuse et pesante. Il lui suffirait de relever la tête pour effleurer la voûte du plafond !

— Merci d'être venu, le salue-t-elle à voix basse, pas vraiment menaçante.

Grysard se détend un peu. La Pure n'est vêtue que de sa fourrure immaculée, d'une blancheur éclatante, et de quelques bijoux portés en collier ou en ceinture. Il s'incline devant elle avec une révérence.

— Votre Altesse, quel honneur…

— Redresse-toi.

Grysard obéit illico. Il a beau se tenir le plus droit possible, il arrive à peine au niveau du nombril de la Pure !

— Tu es considéré comme le plus intelligent des Mords-Lune, reprend cette dernière. Tes inventions sont connues, comme ta voiture à vapeur. Ta réputation est parvenue à mes oreilles…

Elle marque une pause, soupire, puis enchaîne avec moins d'assurance :

— Alors dis-moi ce qui se passe… La chose apparue dans le ciel est-elle une menace ou un cadeau des dieux ? S'agit-il d'un bon ou d'un mauvais présage ? Parle, maître Grysard !

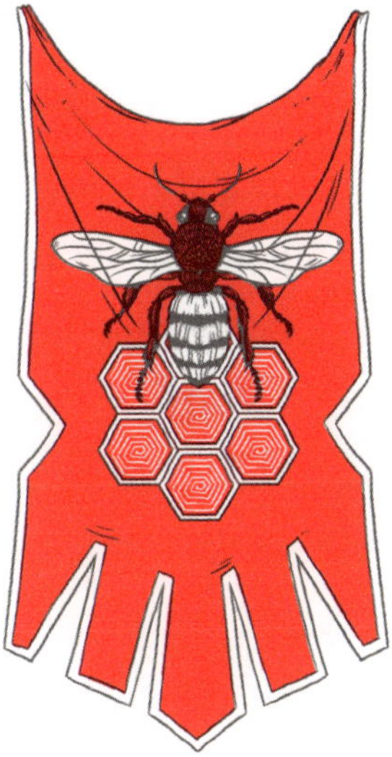

3. UN ACCUEIL EXPLOSIF !

Le jour se lève sur la Terre, révélant un décor composé d'une forêt et de nombreux lacs. Loin au sud, on devine l'étendue d'une mer ou bien d'un océan. Au nord, un désert de rocaille à perte de vue. Et entre les deux, une chaîne de montagnes majestueuses. Les sommets couverts de neige et de glace étincellent sous les feux du soleil, pareils à d'énormes diamants.

— Magnifique, commente Onésime. La nature a repris le dessus depuis le Cataclysme !

Le biotik, spécialiste du vivant, s'en réjouit évidemment. Ses compagnons aussi : c'est un signe positif pour l'avenir de la dernière colonie humaine.

— De l'eau en abondance, continue Onésime, du bois à profusion, un terrain fertile pour les cultures…

— Ne reste qu'à trouver le site idéal où se poser, le coupe Kar-El. Une prairie ou bien une clairière assez vaste feraient l'affaire.

Mais le tekno n'en aperçoit nulle part. Il ralentit l'allure de la navette et lui fait perdre un peu d'altitude pour mieux voir.

Soudain, une sirène d'alarme vrille les tympans du pilote. Sans lâcher les commandes, il parcourt du regard les cadrans de chaque instrument. Il y a tellement de lumières qui clignotent qu'il en a presque le vertige ! Dans la tête du tekno résonnent des instructions d'urgence apprises dix mille ans plus tôt…

— Que se passe-t-il ? demande Shi-Ma en élevant la voix par-dessus le vacarme.

Sanglée dans son siège, derrière celui de Kar-El, la protek conserve son calme. Au contraire d'Onésime, assis à sa gauche, sur le point de céder à la panique.

— On n'aurait jamais dû s'envoler sans vérifier que tout fonctionnait parfaitement !

« *Je m'en suis assurée avant le départ*, indique Celki depuis l'ordinateur de bord, où elle s'est dupliquée. *Je vous garantis que cette navette est en aussi bon état qu'à sa sortie d'usine.* »

— Fermez-la tous que je puisse me concentrer ! s'écrie Kar-El. Le radar a repéré des tirs hostiles…

Comme pour confirmer ses dires, une gerbe d'étincelles éclate juste sous leur nez. L'aube s'illumine avec intensité à travers le pare-brise, aveuglant les passagers. Puis d'autres explosions retentissent, plus rapprochées. La carlingue tout entière se met à vibrer.

— On est touchés ! lance Kar-El. Cramponnez-vous, ça risque de secouer !

D'un coup, le paysage bascule sur le côté, avant de complètement se retourner. Les montagnes donnent l'impression de pousser à l'envers, telles de monstrueuses stalactites !

— On va se crasher ? interroge Shi-Ma, toujours imperturbable.

— Pas si je peux l'éviter, réplique Kar-El. Celki, établis un diagnostic des dégâts !

« *Je suis au regret de vous annoncer que plusieurs ailerons sont endommagés, ce qui explique la perte de stabilité...* »

— Passe les détails, l'interrompt le tekno. Quoi d'autre ?

« *Plus problématique, si je puis me permettre, nous avons aussi perdu une partie du train d'atterrissage.* »

— Il faut regagner la Nef, implore Onésime. Et vite !

« *Je crains que ça ne soit pas une option possible. Un des tirs a percé le réservoir. Le carburant fuit rapidement. Nous serons à sec dans moins d'une minute.* »

Formidable, songe Kar-El. Il n'a plus d'autre choix que poser à tout prix la navette, peu importe l'endroit, tant qu'il reste un peu de jus dans ses réacteurs.

— Si quelqu'un connaît une prière, prévient-il la protek et le biotik, c'est le moment ou jamais !

Il bataille avec les manettes pour redresser le vaisseau, qui tremble en émettant de sinistres grincements. La cime des plus grands arbres défile sous son ventre, encore trop rapidement...

Kar-El enclenche les aérofreins au moment du contact. Avec un terrifiant fracas, des branches volent dans tous les sens, ainsi que les têtes des sapins, fauchées net. Les commandes deviennent incontrôlables entre les poings du pilote. Dans un ultime réflexe, il active la sécurité anticollision et lance cet avertissement :

— Gare au choc !

Tout se disloque dans une épouvantable confusion de cris et de métal torturé. Une dernière pensée traverse l'esprit du tekno : *Pour le retour des humains sur Terre, l'accueil est explosif*…

Puis il sombre dans le néant.

— Debout, tekno ! Tu as assez dormi pendant le Très Long Voyage. Réveille-toi !

Kar-El sent qu'on le secoue et se demande un instant s'il n'est pas encore à bord de la navette en perdition. Mais non. Dès qu'il rouvre les yeux, il découvre Shi-Ma penchée sur lui. La protek affiche une mine on ne peut plus sérieuse.

— On croyait t'avoir perdu. Comme tu es le seul à savoir utiliser une partie de notre équipement, ç'aurait été un problème.

— Ravi de constater à quel point je compte pour toi, ironise Kar-El en étirant avec précaution chacun de ses membres pour vérifier qu'il n'a rien de cassé.

L'anticollision a joué son rôle en projetant la mousse de protection dont il garde des traces sur sa combinaison.

Le tekno prend une grande inspiration, gonflant ses poumons d'un air incroyablement pur, comme il n'en a jamais respiré de toute son existence. La lumière du soleil s'infiltre à travers les branches des grands arbres qui l'entourent. Il fait doux, presque chaud. Ça pourrait être le printemps ou même l'été, sous un climat tempéré.

On l'a adossé à un tronc gigantesque, sur un tapis de mousse fraîche, au milieu de bouquets de fougères géantes. La carcasse de la navette gît à quelques pas, au bout du sillon qu'elle a tracé dans la végétation en s'écrasant. Des milliers de morceaux sont éparpillés un peu partout. Onésime achève de rassembler ce qu'il a pu sauver du matériel.

Kar-El se relève et rejoint le biotik d'un pas mal assuré. Marcher sur la couche de brindilles le fait vaciller : il a pris l'habitude de fouler un sol métallique à bord de la Nef – du moins avant d'être enfermé dans son caisson de temps-suspendu.

— Je n'ai pas récupéré grand-chose, annonce Onésime, sans masquer sa déception. Le module d'habitation est fichu. Les appareils d'analyse ont été réduits en miettes. Voilà tout ce qu'il nous reste…

Il indique les trois objets étalés à ses pieds. Un coup d'œil suffit à Kar-El pour les identifier.

— Un bracekom, un chokeur, une médikaide. Rien d'autre ? Pas même des rations de survie ?

Le garçon à la peau noire secoue la tête.

— Alors ? demande Shi-Ma. Ton bilan, tekno ?

— D'abord, j'apprécierais que tu m'appelles par mon nom… Ensuite, j'ai une bonne et plusieurs mauvaises nouvelles. Je commence par ces dernières : la mission n'a plus lieu d'être, nous ne pourrons jamais regagner la Nef, puisque nous voilà naufragés sur la planète des origines…

— J'étais arrivée aux mêmes conclusions, coupe la protek avec agacement. C'est quoi, la bonne nouvelle ?

— On n'aura plus à supporter les commentaires de Celki, l'IA a dû périr avec l'ordinateur de bord…

« *Détrompez-vous et soyez rassurés,* lance alors la voix de l'intéressée. *Je me suis transférée dans le bracelet de communication une microseconde avant le choc. Je m'y sens un peu plus à l'étroit que dans les circuits de l'ordinateur, mais la plupart de mes fonctions n'ont pas été altérées. Je pourrai donc continuer de vous conseiller au mieux de mes capacités.* »

— Je retire ce que j'ai dit, maugrée Kar-El. Il n'y a que des mauvaises nouvelles !

Cette fois, Shi-Ma consent à esquisser un sourire. Puis elle ramasse le chokeur, s'assure qu'il est chargé d'un maximum d'énergie. Satisfaite, elle désigne la médikaide. Celle-ci se présente sous la forme d'un petit sac à dos rempli d'une pharmacie complète et d'un kit de nanochirurgie capable de réparer plaies et os – dans les limites du raisonnable.

— Le biotik s'en chargera, décide-t-elle. Toi, tu peux garder le bracekom. Comme ça, tu resteras en lien constant avec Celki. Pas d'objection, Kar-El ?

— Si tu cherches à me punir pour le crash, tu ne pouvais pas m'imposer pire sanction, se résigne le tekno en passant l'appareil à son poignet.

— À propos, intervient Onésime, qui a bien pu nous tirer dessus et avec quoi ? Il reste encore des hommes sur Terre, à votre avis ?

Kar-El s'apprête à avouer son ignorance quand un mouvement agite le plus proche bouquet de fougères. Plusieurs ombres gigantesques s'y profilent, accompagnées de grondements menaçants.

— On ne va pas tarder à le découvrir, rétorque Shi-Ma, brandissant son chokeur. En attendant, vous feriez mieux de vous mettre à courir !

4. PÉNURIE DE SAUMON

Seul dans la salle, Grysard se sert une nouvelle portion de la délicieuse tourte au poisson apportée un peu plus tôt par un serviteur – un commun à la fourrure brune. Il l'engloutit en deux bouchées, sans même la savourer. Cela fait bien longtemps qu'il n'a rien mangé d'aussi bon. La succulente chair de saumon est devenue une denrée rare dans les vallées. Leurs habitants doivent se contenter de baies récoltées dans le sous-bois, ainsi que du miel fourni par le clan Vieil-Or. Pas évident, quand on a par nature un solide appétit !

Les Purs sont responsables de cette pénurie. Ils ont décidé de s'approprier les ressources des lacs et des torrents situés en altitude. Grysard trouve cela injuste, mais qu'est-ce qu'il peut y faire ? Plusieurs Mords-Lune ont adressé une protestation officielle, l'hiver dernier. Ils ont reçu la visite de la garde. Depuis, personne n'a plus jamais eu de leurs nouvelles. Alors tout le monde fait profil bas dans le clan, car il est composé surtout de communs et de savants, pas de combattants.

Honteux de s'être empiffré tel un vulgaire animal, Grysard réprime un rot en contemplant les reliefs du petit déjeuner offert par Mahénielle. Sa faim était si grande qu'il a tout avalé. À présent, son ventre gonflé le ferait passer pour un digne représentant du clan Panse-Ronde !

Il sourit à cette idée absurde, car il n'a rien d'un marchand et sa fidélité demeure acquise aux Mords-Lune. Mais comme n'importe quel habitant de la forêt, y compris les farouches Fer-Crocs, il est avant tout soumis à l'autorité des Purs…

— Es-tu repu ? demande Mahénielle, de retour avec un nouveau venu.

Le savant hoche le museau et s'essuie les babines d'un revers de patte, honteux de s'être laissé aller à ses instincts. D'un coup d'œil, il détaille celui qui accompagne la grande dame à la fourrure blanche. En comparaison, il semble encore un enfant – à peine s'il atteint la moitié de sa taille !

— Voici Lorki, le présente la Pure. Un diplomate à mon service.

Une tache claire en forme de croissant, évoquant un collier, s'épanouit sur le torse sombre du petit protégé de Mahénielle, signalant sa spécialité. Les diplomates savent bien mieux parler que les autres sous-espèces et assurent donc la communication entre les clans. Quand on est aussi peu impressionnant, mieux vaut miser sur ses aptitudes intellectuelles !

— Bien le bonjour, maître Grysard, salue-t-il. Je me réjouis de vous accompagner dans l'aventure qui nous attend.

À ces mots, le savant manque recracher sa dernière portion de tourte. Une aventure, vraiment ? Ce n'est pas ce qu'il avait prévu pour les journées à venir, ni même pour les prochaines saisons jusqu'à la fin de son existence. Il pensait en avoir terminé avec Mahénielle après leur conversation au sujet de la chose tombée du ciel – d'autant qu'il n'a pas pu satisfaire sa curiosité : il n'a aucune idée de ce dont il s'agit.

— Les dieux nous ont en effet envoyé un signe, dit-elle. Je veux que vous trouviez de quoi il s'agit.

— D'accord, souffle Grysard, n'osant refuser. Mais… dans quel but, altesse ?

— Tu n'es pas très curieux, pour un savant ! se moque la Pure. La nature de cette chose ne t'intrigue pas ? Tu n'as pas envie de faire progresser la science que tu aimes tant ?

Grysard doit bien admettre que si.

— C'est la première fois à ma connaissance qu'un tel événement se produit, répond-il. Ça le rend plus qu'intéressant…

Il voudrait ajouter que l'idée d'abandonner sa tour pendant un temps indéterminé ne l'enchante pas. Mais l'irruption d'un trio de guerriers l'en empêche.

À leur entrée, Lorki recule dans l'ombre de Mahénielle. La Pure se dresse face au plus imposant des trois. La fourrure de son poitrail se pare de décorations : rubis, saphirs, émeraudes et autres pierres précieuses taillées en forme de griffes et de crocs, de flèche ou bien d'épée.

— Général Zord, grogne Mahénielle.

— C'est toujours un plaisir de vous voir, madame !

Grysard remarque le frémissement des babines de la Pure. Elle n'apprécie pas le général, dirait-on. Lui, en revanche, la dévore du regard sans gêne, ignorant complètement le savant et le diplomate.

Zord est sans aucun doute l'ursinien le plus imposant jamais croisé par Grysard. Son crâne effleure la voûte de glace du plafond. De gros muscles ronds roulent sous sa fourrure à chaque mouvement.

— J'ai entendu parler de votre petite expédition scientifique, reprend-il. Je mets ces deux braves à votre disposition.

D'un geste de son énorme patte, il désigne les combattants raidis au garde-à-vous quelques pas derrière lui. Leur pelage sombre et leur haute stature confirment ce qu'ils sont : non pas des Purs, mais des communs géants.

— Oggir et Gragg vous serviront avec obéissance, affirme Zord.

À mieux les observer, Grysard identifie un kodiak et un grizzli – qui est Gragg, qui est Oggir ? Tant qu'ils restent muets et figés comme des statues, impossible à dire ! Et pourquoi auraient-ils besoin de gardes du corps pour ce genre de mission ?

— Je n'ai pas pu détacher plus de soldats de leur bataillon, précise le général sans paraître exprimer aucun regret. J'ai besoin de tous mes effectifs en ce moment.

Pour quoi faire ? s'interroge Grysard. Mais au lieu de poser une question susceptible de déplaire, il se contente de remarquer :

— Ça nous suffira…

Le savant n'a aucune envie de s'embarrasser de soldats. De près, il constate que le kodiak et le grizzli sont très bien nourris, à en juger par les replis de fourrure dépassant du plastron de leur armure. Pour la caste des combattants, le saumon ne manque pas, apparemment !

L'intervention n'est pas du goût de Zord, qui se met à gronder en lui lançant un regard noir.

Grysard a commis une erreur… Mahénielle vole heureusement à son secours :

— Merci, général. Vous pouvez disposer.

Le colosse hésite un instant, étouffe encore un grondement, puis s'incline.

— Vos désirs sont des ordres, madame.

Sur ce, il quitte la salle aux colonnes de glace, adressant au passage un coup d'œil assassin au petit savant.

— On peut dire que vous avez l'art de vous faire des amis, ironise alors Lorki. Je comprends pourquoi dame Mahénielle a tenu à ce que je vous accompagne. Sans moi, vous risqueriez de gros ennuis, maître Grysard !

Petits ou gros, songe le savant, *difficile de les éviter à partir de maintenant*. C'en est fini de sa tranquillité, jusqu'à ce qu'il trouve ce que Mahénielle lui demande. Alors, en avant, à la recherche de la chose tombée du ciel !

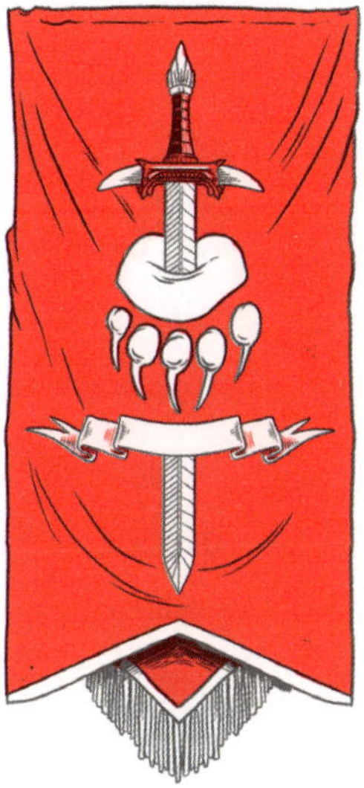

5. DANS LES GRIFFES DES FER-CROCS

Kar-El a l'impression qu'un feu brûle dans ses poumons, lui emplissant la gorge de flammes chaque fois qu'il prend une inspiration. Son cœur cogne à tout rompre dans la cage de ses côtes. Jamais il n'a été contraint de courir aussi vite, sans savoir où ses enjambées le mènent dans cette forêt sans fin. Heureusement que Celki a maintenu ses muscles en parfait état de fonctionnement pendant son séjour dans le caisson de temps-suspendu !

Derrière lui, Onésime semble encore plus à la peine. Kar-El l'entend haleter avec difficulté. Il ralentit l'allure pour permettre au biotik de le rattraper.

— Passe-moi la médikaide, propose-t-il en lui tendant la main afin de le soulager du poids de l'appareil.

Mais Onésime hésite. Et lorsqu'il se décide enfin à confier le sac au tekno, une flèche file sous son nez en sifflant, pour venir se planter dans un tronc à quelques centimètres de la tête du garçon.

— Ne vous arrêtez pas ! lance Shi-Ma en émergeant d'un bouquet de fougères, chokeur entre les bras. Ils nous tirent dessus !

— Qui ça, ils, bon sang ? jure Kar-El, repartant de plus belle. Tu les as vus ?

La protek n'a aucun mal à soutenir le rythme de ses compagnons malgré le fusil à décharge électrique qu'elle garde serré contre sa poitrine. Elle parvient même à parler sans montrer aucun signe d'essoufflement.

— Pas directement. Ils savent se fondre dans l'environnement. Mais j'en ai compté quatre, au moins.

— Des humains ? s'étonne Kar-El.

À sa connaissance, le Cataclysme n'a laissé aucun survivant sur Terre, dix mille ans plus tôt, au moment du départ de la Nef.

— Je ne crois pas, rétorque Shi-Ma. Ils m'ont paru beaucoup plus gros.

— Quoi, alors ? Qu'est-ce qui serait capable de nous canarder comme ils le font ?

Une nouvelle flèche frôle cette fois le crâne de la protek avant de se ficher dans une branche, projetant des éclats d'écorce. Shi-Ma peste entre ses dents.

— Ils ne tirent pas très bien, c'est toujours ça ! se réjouit Onésime.

— Au contraire, le contredit la jeune Asiatique. Ils s'amusent avec nous.

Sous les semelles de leurs bottes, le terrain forestier devient accidenté, plein de racines enchevêtrées et de rochers, les obligeant à progresser avec précaution.

— Pourquoi feraient-ils une chose pareille ? s'interroge le biotik.

— Pour nous diriger là où ils le souhaitent, répond Shi-Ma en sondant l'obscurité des bosquets.

Stratégie élémentaire de chasseurs, ajoute-t-elle à voix basse. Attention !

D'un coup, elle épaule son chokeur, vise un amas d'arbustes et tire. La rafale d'énergie fuse avec un crépitement rageur. Un bref instant, une sorte d'éclair illumine la cible atteinte de plein fouet.

Kar-El réprime un frisson de terreur. La silhouette frappée par la décharge est issue de ses pires cauchemars. Gigantesque, hérissée de fer, de griffes et de crocs, ébouriffée d'une épaisse toison brune, elle pousse un cri terrifiant…

… Avant de s'effondrer, frappée par un second tir réglé à la puissance maxi, KO pour un moment !

— Éloignez-vous sans montrer de signes de panique, commande Shi-Ma à ses compagnons, s'interposant entre eux et une nouvelle horreur qui s'avance à son tour en pleine lumière devant elle.

— Qu'est-ce que c'est que *ça* ? demande Kar-El, interloqué.

Il n'a jamais rien vu de tel. Le monstre se tient debout et culmine à plus de trois mètres. Une parure de métal lui tient lieu d'habit ou d'armure, difficile de faire la différence. Au bout d'une de ses longues pattes, il brandit une arme rudimentaire, tel un gros pistolet en bois et en fer, où se trouve encochée une autre flèche, prête à jaillir.

— Un… Un ours, indique Onésime d'une voix réduite à un étranglement. Un ancien animal, disparu en théorie…

« *Pour être tout à fait exact,* corrige Celki depuis le bracekom de Kar-El, *il s'agit d'un* ursus arctos horribilis, *plus communément appelé grizzli par vos ancêtres. Et si je peux me permettre cette précision, ce spécimen est un individu d'exception, même pour un ursidé géant. D'après une rapide estimation de sa taille et de son poids…* »

— Par pitié, tais-toi ! coupe Kar-El alors que l'ours s'avance en grondant, les forçant à reculer.

Shi-Ma braque le canon du chokeur sur l'énorme museau de la bête. Mais elle n'a pas le temps de tirer car soudain, le sol se soulève sous leurs pieds ! Ils sont attirés vers le ciel, pressés les uns contre les autres, prisonniers d'une poigne formidable qui se referme…

Pris au filet, comprend Kar-El, après *avoir été conduits pile à l'endroit du piège !*

Shi-Ma ne s'est pas trompée quand elle a dénombré leurs poursuivants. Ils sont bien quatre, tous aussi impressionnants les uns que les autres, couverts de fourrure sombre et de plaques de fer reliées par des cordons de cuir. Avec des gestes sûrs malgré leurs doigts terminés par des griffes noires et recourbées, ils décrochent le filet pendu à une haute branche. Puis, sans effort, deux d'entre eux se chargent du fardeau tandis que les autres s'enfoncent en éclaireurs à travers le sous-bois.

Bringuebalés entre les mailles serrées, les trois humains n'osent pas élever la voix, de crainte de provoquer la colère des géants. Même Celki reste muette, au grand soulagement de Kar-El.

Tout le temps du périple dans la forêt, le tekno tente de trouver des points de repère et de les conserver en mémoire. Mais ça n'a rien d'aisé tant les milliers d'arbres se ressemblent, pareil pour les rochers et les bouquets de fougères.

Finalement, ils débouchent dans une clairière inondée de lumière. Au milieu se dressent plusieurs dizaines de cabanes de rondins à la toiture de branchages. Des ours de toutes tailles vont et viennent, vêtus de tuniques de toile ornées de motifs simples et colorés – des ronds, des triangles, des carrés ou bien des lignes brisées. Certains portent d'intrigants bijoux en bracelet ou collier. Kar-El croit repérer d'antiques disques argentés qui servaient de support à l'enregistrement de musique ou d'images animées, avant le Cataclysme. Incroyable qu'ils aient pu résister au passage des années !

À l'apparition des grizzlis et de leurs prisonniers, les ours interrompent leurs activités, s'approchant à grands cris. L'un de ces étranges animaux se détache du groupe. Le dos voûté, il clopine avec une patte appuyée sur un bâton de bois pétrifié. Les poils de son museau ont viré au gris et il lui manque pas mal de dents, constate le tekno lorsqu'il ouvre sa gueule en grand pour s'exclamer :

— Pouah, qu'ils sont laids, ces sans-poils ! Et quelle odeur ! Drôles d'espions…

— Cette femelle parle notre langue ! s'extasie Onésime avec incrédulité.

« *Pas exactement*, précise Celki. *Mais son dialecte est un mélange de très anciens langages terrestres, assez facile à traduire. Je me suis permis de vous le faire entendre de façon compréhensible.*

Comme tous les passagers de la Nef, vous êtes équipés d'implants auditifs... »

— Tu nous expliqueras plus tard comment ça marche, l'interrompt Kar-El. Peux-tu te faire comprendre de ces bestiaux ?

« *Bien sûr que oui, ne sous-estimez pas mes capacités...* »

— Alors traduis, fichue bavarde : nous ne sommes pas des espions, vous faites erreur !

L'IA s'exécute. Un des grizzlis sursaute en fronçant le museau.

— D'où sort cette voix ? Ce sont des magiciens, Azaëlle !

— Ne dis pas n'importe quoi, Oggan. S'ils avaient des pouvoirs, tu crois qu'ils se seraient laissé capturer ?

Azaëlle brandit l'extrémité de son bâton sous le nez de Kar-El et le renifle de plus près.

— Tu dois être le chef, ta peau est blanche comme la fourrure d'un Pur.

— J'ignore ce qu'est un Pur, renvoie le tekno par l'intermédiaire de Celki, mais il n'y a pas de chef parmi nous. Et si vous nous libériez, qu'on puisse continuer la causette plus confortablement ?

— Pas avant de savoir ce que vous faites sur le territoire des Fer-Crocs au moment où notre clan se prépare à la guerre. Réfléchis avant de répondre, sans-poils, parce que si tes mots me déplaisent, je te fracasse le crâne !

6. À TOUTE VAPEUR CHEZ LES FER-CROCS

Le retour dans la cité du clan Mords-Lune s'effectue à dos de bœuf laineux, tout comme l'aller, en suivant le même sentier de montagne, dans un sens opposé. Mais Grysard n'est plus escorté par la garde des Purs. Cette fois, le diplomate Lorki l'accompagne, ainsi qu'Oggir et Gragg, les combattants choisis par le général Zord. Pour le savant, aucun doute : ils sont les yeux et les oreilles du chef de l'armée Pure. Il faudra donc surveiller ses paroles en leur présence. Un mot de travers aurait de fâcheuses conséquences !

Mais Grysard s'en moque pour le moment. La mission confiée par Mahénielle le préoccupe suffisamment. Retrouver la chose tombée du ciel et découvrir de quoi il s'agit…

Une grande marque de confiance dans ses capacités, mais aussi une terrible responsabilité. Que se passera-t-il s'il échoue ? Ou si ce qu'il découvre ne plaît pas à la Pure ? À bien y réfléchir, le savant trouve tout cela bizarre et précipité. Mahénielle lui a-t-elle dit la vérité sur cette mission ? Et Lorki en sait-il plus qu'il ne veut bien l'avouer ?

Difficile de connaître le fond de la pensée des diplomates, toujours aimables mais rusés. Grysard pourra essayer de lui tirer les vers du museau dès que l'occasion se présentera. Mais il ne s'attend pas à ce que le petit ursinien joue franc jeu avec lui.

Tant pis, songe-t-il, amer. Pour l'instant, il n'a pas vraiment le choix !

Avant de quitter le palais de glace, Mahénielle lui a remis l'insigne de sa caste : une pierre transparente d'une pureté absolue, taillée en forme de griffe et montée sur un anneau d'argent. Grysard le porte à l'un de ses pouces, le seul de ses doigts assez gros. Avec cette pierre, a garanti la Pure, nul ne contestera son autorité dans aucun des clans du monde de la forêt. Il suffira qu'il la présente pour que chacun s'incline. Voilà du moins pour la théorie. Le savant aimerait en être aussi sûr que la dame qui vit perchée au-dessus des vallées, plus proche des cieux que de certaines réalités…

Enfin, on verra bien ! Avant tout, il s'agit de repérer l'endroit où la chose a touché le sol. Grysard a sa petite idée à ce sujet. Mais il n'est pas certain qu'elle plaise au diplomate, encore moins aux deux combattants.

Le jour approche de sa fin quand ils arrivent à destination. Dans les rues, on s'écarte au passage du grizzli et du kodiak. Grysard n'en veut pas à ses voisins de l'éviter, maintenant qu'il circule avec Oggir et Gragg. Ceux-ci semblent habitués à produire un effet repoussoir. Ils restent renfrognés et muets, la patte près du pommeau de l'épée, aux aguets mais moins arrogants que les membres de la garde. Les Mords-Lune sont avant tout des gens de paix et de science. Ils n'ont fourni que très peu de guerriers aux bataillons de Zord. Outre les communs, noirs et bruns de taille moyenne, le clan compte beaucoup de savants.

— Nous y sommes, indique Grysard une fois devant la tour de son observatoire, qui lui sert aussi de tanière.

— Vous aimez prendre de la hauteur, à ce que je vois, plaisante Lorki.

Ils mettent tous patte à terre, attachent leurs montures et suivent le savant à l'intérieur. Grysard allume une lampe à huile dans sa cuisine, invite chacun à prendre ses aises puis déclare :

— Faites comme chez vous. Je reviens vite.

Il s'éclipse dans son cabinet de travail et en revient quelques instants plus tard avec un rouleau de parchemin, qu'il déploie sur la table. Durant sa courte absence, Oggir et Gragg l'ont pris au mot et ont fourré leurs pattes dans sa réserve de l'onctueux miel des Vieil-Ors. *De vraies bêtes !* songe le savant, partagé entre dégoût et amusement. *Incapables de résister à leur instinct de goinfres !*

— Qu'est-ce que c'est ? demande Lorki en désignant les étranges dessins étalés sur le parchemin.

— Une carte de notre monde. Je l'ai dessinée à partir de ce que m'ont rapporté les voyageurs de passage.

— Fascinant, admet le diplomate en promenant une griffe le long des lignes et des symboles tracés à l'encre noire, rouge, verte, violette ou bleue. Mais je suppose que vous nous la montrez pour une raison précise.

Grysard opine en pointant une griffe sur une vaste zone dénuée d'indications, hormis la représentation d'une mâchoire menaçante.

— D'après ce que j'ai pu observer, la chose est tombée du ciel dans ces environs... Autrement dit, en plein territoire Fer-Croc.

À ces mots, Oggir et Gragg manquent de s'étrangler, le gosier gorgé de nectar visqueux et sucré.

— Cela pose-t-il un problème ? les interroge Grysard.

Le grizzli et le kodiak échangent un regard consterné avant de secouer leurs grosses têtes pour signifier que non. Puis ils replongent le museau dans le miel, toujours sans faire entendre le son de leur voix.

— Si l'on oublie que ce clan est toujours prompt à la querelle et la bagarre, souligne Lorki, tout devrait se dérouler à merveille !

Après une courte nuit de repos, hachée par les ronflements des combattants, et un petit déjeuner qui est fatal aux provisions du savant, la petite expédition s'apprête à prendre la route du territoire Fer-Croc.

Mais au lieu de charger son bagage sur le dos d'un des bœufs, Grysard ignore les montures et se dirige vers l'appentis de sa tour. Il déverrouille le portail, le fait coulisser, révélant un drôle d'engin monté sur trois grosses roues de bois cerclées d'acier. Deux, à l'arrière, supportent une espèce de grand poêle entouré de tuyaux cuivrés, coiffé d'une fine cheminée. Une, à l'avant, est capable de pivoter grâce à un long bâton de direction. Au milieu, la coque d'une barque attend les passagers, équipée de bancs, d'un abri en toile, d'une réserve d'eau et de charbon.

À la vue de la vapomobile, Gragg et Oggir ouvrent de gros yeux ronds. Lorki, lui, ne cache pas son admiration.

— Splendide machine ! J'en ai entendu parler, mais je ne l'ai jamais vue en action.

— Elle nous conduira vite à destination, assure le savant. Si vous voulez, je vous apprendrai à la diriger. Ce n'est pas compliqué.

Le diplomate s'en réjouit d'avance. Au contraire des combattants, qui affichent des mines d'oursons apeurés quand Grysard allume le feu dans le foyer, fait bouillir l'eau dans le circuit des tuyaux, augmentant peu à peu la pression exercée par la vapeur ainsi dégagée. Habitués à se déplacer juchés sur des bœufs laineux ou à pied, kodiaks et grizzlis se méfient de toute science mécanique dont les mystères échappent à leur compréhension. Quels nigauds !

Enfin, l'énergie déployée actionne le piston qui entraîne les roues motrices. La vapomobile se met en mouvement avec une grâce pesante. Sa chaudière vibre et gronde, dégageant de la fumée par sa cheminée d'échappement. Sa coque tangue sur les ressorts qui la supportent. Les pattes agrippées au gouvernail, Grysard lui fait effectuer quelques manœuvres devant les combattants pour leur prouver qu'il la maîtrise parfaitement.

À demi convaincus, Oggir et Gragg acceptent de grimper à bord en maugréant, serrés à l'arrière. Lorki prend place à l'avant, sur le même banc que Grysard, pour mieux se familiariser avec les commandes. Ils parcourent avec lenteur les rues encore peu fréquentées à cette heure matinale. Une fois à la sortie de la petite cité, le savant s'empare d'un levier et prévient juste avant de le pousser d'un coup sec :

— Accrochez-vous, je libère toute la puissance !

L'engin s'emballe, filant bientôt à la vitesse d'un taureau de combat sur la route qui s'enfonce à travers la forêt…

7. UN PETIT DÉJEUNER SOUS TENSION

Bien que rudimentaire, la cabane d'Azaëlle reste confortable, estime Kar-El à son réveil. Plus, en tout cas, que le caisson où il a passé dix mille années en état de temps-suspendu sous la surveillance de Celki !

Malgré le choc causé par la découverte la veille des ours intelligents, le tekno et ses compagnons ont fini par s'endormir, harassés, la tête pleine de questions. Ce matin, Kar-El espère obtenir des réponses.

Il prend le temps de s'étirer juste pour le plaisir de sentir ses muscles rouler sous sa combinaison. À ses côtés, dans le hamac adapté à la taille d'un ours, Onésime et Shi-Ma ouvrent les yeux à leur tour. La lumière du petit matin filtre à travers les barreaux de fer d'une fenêtre. Une odeur sucrée flotte dans l'air et fait saliver les humains. Les gargouillis de leur estomac rappellent à quel point ils sont affamés.

Le crâne du biotik, comme celui de la protek, se couvre d'une ombre de duvet. Kar-El frotte sa paume sur le sien et constate que ses propres cheveux ont aussi commencé à repousser.

— Bientôt nos hôtes arrêteront de nous appeler « sans-poils », souligne-t-il.

— Tu veux dire nos geôliers, réplique Shi-Ma. Je n'ai pas l'impression qu'on soit leurs invités. Sinon, pourquoi avoir confisqué mon chokeur et la médikaide ?

— Parce que ces bêtes se méfient des outils et instruments qu'ils ne connaissent pas, explique Onésime. Mais ils nous ont libérés du filet et Azaëlle nous a ouvert sa porte.

— N'empêche qu'on reste ses prisonniers, grimace la protek. Elle nous a interdit de circuler dans la clairière sans son autorisation, je te rappelle !

Shi-Ma fait allusion à la conversation de la soirée, hier, avec la doyenne des Fer-Crocs, aussi la cheffe du clan. Un drôle d'échange en vérité, car Azaëlle s'est contentée de les écouter raconter l'histoire de la Nef et des derniers représentants de l'Humanité. À peine si, de temps en temps, l'ourse aux poils grisonnants lâchait un grognement. Impossible de savoir ce qu'elle a vraiment compris et, surtout, si elle les a crus.

— Elle se montre prudente, dit Onésime. On ne peut pas le lui reprocher. Imagine, si tu étais à sa place et que tu entrais en contact avec des créatures inconnues mais intelligentes…

— À propos d'intelligence, intervient Kar-El, comment tu expliques que ces ours se sont mis à parler, construire des maisons et fabriquer des armes ? Je croyais que seuls les humains en étaient capables.

Le spécialiste du vivant renvoie un sourire éclatant au tekno avant de répondre :

— Tu te plantes complètement ! Bien avant le Cataclysme, les études du comportement animal ont prouvé que de nombreuses espèces développaient un langage, comme les baleines ou les dauphins…

— C'est qui, ceux-là ? l'interrompt Shi-Ma. Jamais entendu parler !

— Parce qu'on les avait exterminés depuis longtemps, l'informe Onésime. Mais beaucoup d'autres animaux avaient appris à communiquer. Certains grands singes étaient capables de maîtriser des centaines de mots du vocabulaire humain et de tenir des conversations. Ils avaient quand même besoin d'une interface pour imiter la voix humaine…

« *Des Celki primitives !* » plaisante l'IA.

— Si tu veux, soupire le biotik, coupé dans son élan. Bon, pas mal d'autres espèces savaient utiliser des outils très basiques ou se construire des abris, ce n'est pas ça le plus extraordinaire. Ce qui m'épate le plus chez ces ours, c'est la rapidité avec laquelle ils ont accédé à un langage complexe. Normalement, l'évolution met des millions d'années avant d'y parvenir.

— Tu penses qu'Azaëlle et son clan ont reçu un coup de pouce ? demande Kar-El.

Onésime hausse les épaules.

— Tout est possible. Je sais qu'il y a eu des expériences avant le lancement de la Nef, pour la sélection des espèces à embarquer. Mais elles étaient classées secret-défense.

— Bref, on n'est pas plus avancés ! maugrée le tekno.

— Au moins, reprend Onésime, Azaëlle nous a autorisés à conserver le bracekom. On a toujours la traduction de Celki et son assistance…

— Quelle chance, ironise Kar-El.

Puis, avec plus de sérieux :

— Gardez les yeux ouverts, essayez de repérer tout ce qui peut nous aider à comprendre comment le monde en est arrivé là, OK ?

Onésime se contente d'acquiescer, mais Shi-Ma complète d'un air désabusé :

— On a tout intérêt à piger si on envisage de cohabiter avec les nouveaux maîtres de la planète… À condition que ça soit possible ! Vous imaginez leur réaction à l'annonce du débarquement de plusieurs centaines de milliers d'humains ?

— Je ne préfère pas, avoue Kar-El. Mais pour le moment, on n'y peut rien. Allons prendre le petit déjeuner, dit-il, je meurs de faim !

Pour cela, il suffit de pousser la porte située à l'arrière de la cabane, qui ouvre sur la grande salle où le clan se réunit pour prendre ses repas.

Une partie des Fer-Crocs est déjà rassemblée autour de l'immense table couverte d'écuelles, de gobelets et de pots en métal ou en bois. Des guirlandes pendent aux poutres du plafond, rassemblant toutes sortes d'objets en matière plastique issus des vestiges de la civilisation humaine, impossibles à dégrader avant des centaines de milliers d'années.

Les convives savent-ils de quoi il s'agit ? Kar-El en doute. Il remarque l'absence des grizzlis de la veille, sûrement repartis patrouiller en forêt. Les présents ont tous une taille normale. Des oursons gambadent entre une gigantesque rôtissoire et une immense barrique où chacun se sert à boire. Certains se figent à l'approche du trio, d'autres courent se réfugier dans les pattes de leurs parents.

— Vous les effrayez, lance Azaëlle depuis l'extrémité de la tablée. Ils vous prennent pour des esprits de la forêt. Ou des démons !

Elle leur fait signe de s'asseoir aux places réservées sur le banc taillé dans un tronc entier de sapin.

Tout paraît gigantesque autour des humains, tellement démesuré qu'ils se font l'effet de Lilliputiens !

— Et vous ? rétorque Shi-Ma. Pour qui ou quoi nous prenez-vous ?

Azaëlle renifle avec un air méprisant.

— Je n'ai pas encore décidé. Vous sentez la peur mais aussi la fierté. Un mélange peu courant. Je ne sais pas à quoi vous allez me servir.

— Quoi qu'il en soit, dit le tekno sans se troubler, nous vous remercions pour votre hospitalité.

Il s'intéresse ensuite aux victuailles proposées. L'odeur sucrée émane des pots emplis de miel que les ours étalent sur de larges tranches d'un pain noir à l'aide des lames de leurs couteaux – qui passeraient presque pour des épées entre les mains des humains !

À part ça, Kar-El découvre une espèce de bouillie mélangée à de petits fruits violacés. Cela lui semble peu pour satisfaire l'appétit de tout un clan d'ursidés. Sans doute prend-il un air étonné, car Azaëlle se met à expliquer :

— Nous nous contentons du gruau de mûres et du miel offert par les Vieil-Ors. Finie, l'abondance de saumon...

— Pas pour tout le monde, l'interrompt un individu au pelage brun foncé. Les Purs nous affament pour nous affaiblir. Nous vivons sur nos provisions d'hiver et tu les gaspilles avec ces sans-poils… Je ne te comprends pas, mère !

Autour de la table, certains convives acquiescent en grognant et montrant les crocs. Shi-Ma se tend, muscles bandés, prête à réagir, tandis qu'Onésime tente en vain de se faire oublier. Kar-El redoute que la mauvaise humeur générale ne vire au défoulement. Mais Azaëlle ordonne le retour au calme en brandissant le bâton qu'elle garde à portée de patte.

— Silence ! Vous me faites honte ! Arrêtez de vous plaindre ! On dirait des Panses-Rondes ou des Mords-Lune, et pas des Fer-Crocs… Illya, mon fils, quel exemple tu donnes ! Tu as encore assez de graisse pour te priver un peu de nourriture, non ?

Des ricanements fusent et la tension retombe. Azaëlle pousse un pain ainsi qu'un pot de miel vers les humains, qui ne se font pas plus prier pour satisfaire leur appétit. Durant tout le repas, Illya jette un regard noir sur les protégés de sa mère, mais n'ose plus rien dire.

Puis, l'un après l'autre, les convives abandonnent la salle commune pour vaquer à leurs occupations. Il ne reste bientôt qu'Azaëlle avec ses invités.

— Qui sont les Purs ? lui demande alors Kar-El. Votre fils semble les détester.

— Il a raison. Les Purs vivent au sommet du monde. Ils se croient nos maîtres parce que leur fourrure est blanche comme la neige…

Voilà qui explique pourquoi, hier, elle m'a pris pour le chef d'Onésime et Shi-Ma…, songe le tekno. *Les ours accordent de la valeur aux apparences de leur couleur, comme le faisaient les humains avant le Cataclysme.*

— Les Fer-Crocs se sont toujours rebellés contre les Purs, poursuit Azaëlle. Ils ont décidé de nous le faire payer. Mais ça ne vous concerne pas. Si la guerre se déclare, la bataille aura lieu entre ursiniens !

« *Ce n'est pas un terme correct*, souligne Celki une fois que les humains se retrouvent seuls dans la grande salle déserte. *Mais c'est la traduction la plus appropriée pour désigner ces ours beaucoup plus évolués que leurs ancêtres sauvages. Ursiniens, comme on dirait terriens, parce qu'ils dominent à l'évidence cette partie de la planète...* »

— On avait saisi, l'interrompt Kar-El avec agacement.

— Drôle de revanche prise par la nature, quand même, remarque Onésime. Aucun scientifique n'aurait pu prédire que la nouvelle espèce dominante serait celle-là !

— Peu importe qu'il s'agisse d'ours, de chiens ou de singes, balaie Shi-Ma. Dès que la Nef nous enverra une équipe de secours, on leur fera nos adieux pour aller voir plus loin... En espérant trouver un territoire qu'ils n'ont pas occupé !

« *Je crains que vous n'attendiez en vain*, dit Celki. *La Nef n'enverra rien.* »

La stupéfaction se lit sur les visages des humains.

— Comment ça ? demande Kar-El. Pourquoi nous abandonnerait-elle ?

« *La version de moi-même qui en assure le contrôle obéit au protocole d'urgence : elle ne risquera plus la vie d'aucun passager tant qu'elle pensera qu'une menace sévit sur Terre.* »

— Que va-t-elle faire, en ce cas ? interroge Onésime.

« Ce que je ferais moi, puisqu'on suit la même logique. À savoir, attendre et observer. Demeurer en orbite le plus longtemps possible et maintenir les caissons de temps-suspendu en état de fonctionnement. En puisant de l'énergie aux rayons du soleil, cela peut durer au moins quelques centaines d'années, peut-être même des milliers. Il n'y a pas d'autres planètes accessibles qui conviendrait à l'organisme humain. »

Les trois jeunes gens échangent un regard consterné. Ils pensent la même chose : leur espèce est condamnée dans tous les cas, à moins que…

— Nous n'avons pas le choix, dit Shi-Ma. On doit trouver le moyen de contacter la Nef, pour lui faire savoir que nous sommes toujours vivants. Ensuite, on pourra étudier la civilisation des ursiniens à distance raisonnable et élaborer une nouvelle approche…

— Sauf que la portée d'émission du bracekom n'est pas suffisante, objecte Kar-El. À moins d'amplifier le signal, c'est sans espoir.

— De quoi aurais-tu besoin pour ça ?

Le tekno réfléchit quelques instants avant de lâcher en soupirant :

— D'une antenne et d'une source d'énergie électrique. Je ne crois pas qu'on trouvera ça chez les Fer-Crocs. Leur technologie se limite à la fabrication d'arbalètes et à la conception d'armures grossières. J'ai aperçu une forge dans la clairière, mais un marteau ou une enclume ne me serviront à rien !

— Ils ne sont pas les seuls habitants du secteur, rappelle la protek.

— Tu crois que ces fameux Purs pourraient nous fournir le matériel nécessaire ?

Shi-Ma hausse les épaules en signe d'ignorance.

— Ils règnent apparemment sur ce nouveau monde. Si quelqu'un peut nous venir en aide, ça ne peut être qu'eux.

— Mais ils sont sur le point d'entrer en guerre avec le clan d'Azaëlle, intervient Onésime.

— Et alors ? Comme elle nous l'a signifié, ce conflit ne nous concerne pas. Cette histoire de poisson est ridicule en comparaison de l'avenir de l'Humanité !

Kar-El ne fait pas de commentaire. La protek a raison, bien sûr. Le sort des humains constitue leur unique priorité. N'empêche, le tekno éprouve de la gêne à l'idée de trahir Azaëlle en cherchant à s'allier avec ses ennemis. Malgré ses airs revêches, la vieille ourse les a plutôt bien accueillis…

Tant pis, ses sentiments ne doivent pas peser dans la balance. La mission confiée par l'IA de la Nef passe avant tout.

— C'est d'accord, conclut-il à voix basse. Réfléchissons à un plan d'évasion, puis partons à la rencontre des Purs…

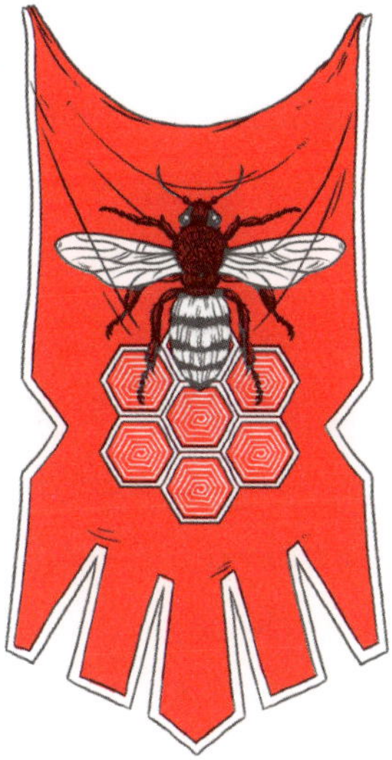

8. LA DANSE DES ABEILLES

— Nous arrivons sur le territoire du clan Vieil-Or, annonce Grysard en désignant le nuage noir qui vient de se former juste au-dessus de la vapomobile.

Lorki le diplomate lève le museau au ciel, intrigué par le vrombissement.

— Un essaim d'abeilles, bien sûr ! s'exclame-t-il en les apercevant. Elles sont au moins plusieurs centaines.

— Plusieurs milliers, corrige le savant. Et ce n'est qu'un seul rassemblement. Les Vieil-Ors possèdent des centaines de ruchers, partout dans les vallées autour de nous…

L'idée d'autant d'endroits où se fabrique le miel incite Oggir et Gragg à se lécher les babines. Le grizzli et le kodiak n'ont toujours pas prononcé un mot depuis le départ de la cité Mords-Lune. Mais les borborygmes de leur estomac parlent pour eux !

— Nous ferons bientôt halte dans une de leurs auberges, signale Grysard. Le temps de laisser refroidir la chaudière et on repart.

— Quand atteindrons-nous notre destination ? s'enquiert Lorki.

— Demain à la même heure, après un passage chez les Panses-Rondes…

— Attention !

Le cri du diplomate surprend Grysard autant que le craquement en provenance du sous-bois, alors qu'un sapin gigantesque s'abat sous le nez de la voiture, lancée à toute allure.

Le savant donne par réflexe un coup de patte sur le côté en pesant de tout son poids sur le levier de freinage. Le gouvernail émet un grincement de protestation, mais la vapomobile vire vers le fossé creusé en bordure de la route.

Le résineux s'effondre avec fracas en soulevant un nuage de poussière qui efface le décor environnant. La voiture à vapeur s'arrête juste à temps pour éviter la collision – ou pire, l'écrabouillement de ses passagers !

L'émotion fait palpiter le cœur du savant. Il descend du véhicule et s'affale lourdement sur un tapis de mousse pour se remettre. Les deux combattants se précipitent en reniflant sous les frondaisons, l'épée sortie du fourreau. Lorki vient examiner le sapin de plus près.

— Cet arbre n'a pas décidé seul de se coucher en travers de notre chemin, indique-t-il. Regardez.

Grysard constate avec effarement que le tronc a été découpé à coups de hache.

— Un bûcheron maladroit ? hasarde-t-il.

— Vous n'êtes pas assez naïf pour le croire, rétorque le diplomate. Quelqu'un guettait notre passage et a tenté de mettre un terme à notre expédition.

Oggir et Gragg refont alors leur apparition en secouant leur grosse tête, l'air renfrogné.

— Rien, gronde le grizzli.

— Personne, grogne le kodiak.

— Je suis heureux de constater que vous savez vous exprimer, ironise Lorki. Même si vous n'êtes à l'évidence pas du genre volubile…

Face aux mines ahuries des guerriers, il précise :

— Ça signifie bavard. Tout le contraire de vous deux. Mais aucune importance. Avez-vous flairé l'odeur du responsable de cette chute intempestive… qui tombe mal, autrement dit ?

Cette fois, le duo se contente d'agiter le museau de bas en haut.

— Parfait, approuve Lorki. Conservez-la bien en mémoire. Et repérez-la si possible à l'avance, la prochaine fois.

— Vous pensez qu'il recommencera ? s'inquiète Grysard.

— C'est plus que probable. Nous devrons redoubler de prudence. Dame Mahénielle a de puissants ennemis.

— Quel rapport avec nous ? Qui voudrait empêcher une expédition scientifique ?

— Vous êtes son émissaire. Elle espère que vous découvrirez un signe des dieux dans vos recherches. Mais la plupart des Purs ont d'autres intérêts à cœur. Alors ils feront tout pour vous empêcher de réussir.

La révélation secoue le savant. Il réalise que le diplomate en sait beaucoup plus qu'il ne l'a laissé paraître jusqu'à présent.

— Notre mission est plus importante qu'une simple découverte scientifique, n'est-ce pas ?

Lorki acquiesce.

— Mahénielle redoute qu'un terrible conflit ne ravage les clans. Elle a prié l'Ours Père et la Grande Mère pour qu'ils l'aident à éviter cette catastrophe. Et ils ont envoyé en réponse cette chose... Du moins Son Altesse le croit-elle. J'avoue que la coïncidence est troublante ! Nous devons découvrir de quoi il s'agit, en espérant que ce soit favorable à la paix.

— Alors, vous saviez qu'on essaierait de nous tuer, insiste le savant sur un ton de reproche.

Lorki sourit un peu tristement.

— J'ai l'habitude des complots du palais. Les tentatives d'assassinat y sont monnaie courante. Mon travail consiste à éviter qu'elles n'aboutissent.

— Et vous obtenez de bons résultats ?

Le diplomate ne sourit plus du tout.

— La plupart du temps… À quelques exceptions près !

Pas très encourageant, se lamente Grysard pour lui-même.

— Bien, reprend Lorki en se frottant les pattes, ce point étant éclairci, je vous suggère à présent d'unir nos volontés afin de passer outre l'obstacle…

Oggir et Gragg demeurant sans réaction, il soupire puis hausse le ton pour réclamer :

— Qu'est-ce que vous attendez pour dégager ce fichu sapin de notre chemin ?

Au contraire des autres clans, dont les membres préfèrent vivre regroupés, les Vieil-Ors restent des solitaires. Ils sont un peu comme leurs ruchers, nombreux mais dispersés dans les vallées qui parsèment leur territoire. Toutefois, ça ne veut pas dire qu'ils ne communiquent pas entre eux. Ils ont même pour ce faire une méthode admirable, unique dans le monde des ursiniens.

Grysard est justement en train d'expliquer laquelle à Lorki au moment où ils arrivent en vue de la petite auberge de rondins dressée au bord du chemin. Plusieurs abeilles curieuses accompagnent la course de la vapomobile, voletant autour du panache de fumée dégagé par sa cheminée.

— Vous vous rappelez l'essaim d'abeilles que nous avons aperçu avant l'incident ? demande le savant.

— Avant qu'on essaie de nous tuer, le corrige Lorki. Inutile d'user d'un euphémisme…

Se tournant vers les deux combattants, assis à l'arrière, il précise aimablement :

— Ça veut dire adoucir ses propos pour les rendre plus plaisants.

— Bref, reprend Grysard en arrêtant le véhicule, ces abeilles n'étaient pas là par hasard. Elles surveillaient la frontière avec le territoire Mords-Lune. Après nous avoir repérés, elles se sont éparpillées dans toutes les directions…

— Pour annoncer notre arrivée aux membres du clan, devine le diplomate. Admirable stratégie, en effet ! Comment se font-elles comprendre ? Même nos guerriers quasi muets sont capables de lâcher un mot quand il le faut. Mais les abeilles ne parlent pas.

— C'est un fait. Cependant, elles dansent.

Grysard n'est pas mécontent de son petit effet en constatant que l'œil de Lorki s'arrondit à cette révélation.

— Les Vieil-Ors ont appris le sens du mouvement de ces charmantes bestioles ?

— La danse des abeilles est un langage complexe. J'ai tenté de l'étudier, mais je suis loin d'en avoir saisi toute la subtilité…

Lorki l'interrompt en levant une patte.

— Serait-il possible que ces demoiselles ailées nous révèlent ce qu'elles ont vu avant la chute du sapin ? Avec un peu de chance, elles auront aperçu l'assassin !

Grysard se maudit de n'y avoir pas pensé le premier. L'esprit du diplomate est plus vif que le sien, sûrement parce qu'il n'a pas autant été secoué par « l'incident ».

— L'aubergiste pourra les interroger, je suppose.

— Alors, qu'attendons-nous ? Vite, maître Grysard, l'enjeu est d'importance !

Ils se hâtent de rejoindre l'établissement. Oggir et Gragg entrent les premiers, méfiants, afin de s'assurer de la sécurité des lieux, obligés de courber l'échine pour passer par la porte d'entrée. Mais il n'y a personne en vue dans la salle où brûle un bon feu crépitant.

— Ohé ! appelle Lorki. Vous avez des clients !

Un commun au poil brun apparaît derrière le comptoir, s'essuyant les pattes dans un pan de tablier.

— Désolé, je n'ai qu'un peu de miel à vous offrir. Personne ne me fournit plus de poissons.

— Votre or liquide fera l'affaire, assure le diplomate. Nous aurons également besoin de votre expertise, ajoute-t-il en désignant les abeilles entrées avec eux.

En quelques mots, il explique ce qu'il veut. L'aubergiste hésite en lorgnant avec inquiétude les combattants, presque deux fois plus grands et surtout beaucoup plus gros, qui poussent des grognements sourds. Grysard lui présente alors la griffe de Mahénielle, à l'anneau de son pouce.

— Nous sommes en mission pour les Purs. Vous n'avez rien à craindre.

Le Vieil-Or n'en paraît pas certain. Néanmoins, il se décide à satisfaire le savant. Un drôle de manège se déroule les instants suivants. Une dizaine d'abeilles viennent se poser sur le comptoir de bois ciré en réponse au grondement échappé du gosier de l'ours au tablier. Le son produit descend de plus en plus bas dans la gamme, jusqu'à n'être plus qu'une vibration à peine perceptible.

Si Grysard et ses compagnons n'entendent plus rien, ce n'est pas le cas des abeilles. Elles se mettent à dessiner sous leurs yeux un tas de figures compliquées – en avant, en arrière, d'un côté puis de l'autre, et ensuite de travers, sans logique apparente. Puis elles s'envolent dans un zonzonnement et s'enfuient par une fenêtre.

— Et donc ? s'impatiente Lorki. Qu'ont-elles raconté ?

— Elles ont bien aperçu celui qui a abattu votre sapin, répond l'aubergiste. Mais elles ne l'ont pas reconnu. Ce n'était pas un membre de mon clan.

— Auquel appartient-il, alors ?

L'aubergiste affiche une mine embarrassée. Un grognement d'Oggir l'incite à poursuivre.

— Je l'ignore. Mais il était de grande taille et couvert d'acier. Comme un guerrier.

Gêné, il se débrouille pour éviter le regard du kodiak et de son compère grizzli.

Grysard et Lorki ruminent leurs pensées, jusqu'à ce que le diplomate brise le silence en précisant :

— Ou bien comme un Fer-Croc !

9. ÉVASION

— Azaëlle a posté un garde devant l'entrée, constate Kar-El après un coup d'œil sur le perron de la maison commune.

— Le contraire m'aurait étonnée, avoue Shi-Ma.

Levant les yeux au plafond où s'entrecroisent poutres et guirlandes de plastique, elle ajoute avec résolution :

— Je peux grimper jusque là-haut sans problème. Le toit ne devrait pas être difficile à percer. Il est fait de branches et d'écorce.

— Tu n'y arriveras jamais à mains nues, fait remarquer Onésime. Tu es coriace, mais pas à ce point !

La protek le gratifie de son sourire le plus éclatant avant de tirer un grand couteau de l'intérieur de sa combinaison.

— Je l'ai « emprunté » à mon voisin de tablée pendant le discours d'Azaëlle. Avec une lame pareille, je n'en aurai pas pour longtemps.

Kar-El salue l'initiative d'un hochement de tête. Shi-Ma le surprend de plus en plus favorablement. Et puis, quand elle sourit, elle est plutôt jolie…

— Bien joué ! la félicite-t-il. Mieux vaut se dépêcher avant que son propriétaire s'inquiète de sa disparition…

En quelques mouvements agiles, à la seule force des bras, Shi-Ma se hisse à une paroi. Une fois sous la toiture, elle s'attaque à la jointure entre deux plaques d'écorce pendant que le tekno et le biotik surveillent les issues.

Moins de cinq minutes plus tard, la protek a ménagé un espace suffisant pour s'y faufiler. Onésime et Kar-El la rejoignent au terme d'une escalade plus éprouvante qu'ils ne l'auraient cru.

— Si on atteint la forêt sans se faire repérer, souffle le tekno, on a une chance de mettre pas mal de distance entre le clan et nous avant que l'alerte soit donnée.

L'arrière de la bâtisse n'est pas très éloigné de la lisière. Mais il faudra tout de même parcourir plusieurs dizaines de mètres à découvert.

— Vous êtes prêts à tenter le coup ? demande Kar-El.

Onésime ravale sa salive avant d'acquiescer. Shi-Ma n'émet qu'un seul regret :

— Dommage de ficher le camp sans mon chokeur !

— Azaëlle l'a mis sous clé avec la médikaide, rappelle le tekno. Ce serait trop dangereux d'essayer de les récupérer. Et puis tu es quand même outillée…

Il désigne le couteau adapté à la patte d'un ours, énorme dans la paume plutôt menue de la jeune femme.

— Je saurai m'en contenter, assure-t-elle.

Et de ramper le long de la pente du toit jusqu'à son extrémité la plus proche du sous-bois, la lame serrée entre ses dents !

Admiratif, Kar-El se glisse dans son sillage, puis jette un coup d'œil discret en contrebas. La chance semble de leur côté, car aucun ursinien ne se montre à ce moment-là. Le reste de la clairière résonne de l'agitation des Fer-Crocs – tintements du métal travaillé par le forgeron du clan, grondements divers et interpellations sur tous les tons...

— Vas-y la première, murmure-t-il à Shi-Ma. Tu es la plus rapide et discrète de nous trois. Planque-toi dans ces fougères (il lui montre un bosquet) et siffle pour nous avertir si quelqu'un rapplique.

La protek se coule avec grâce jusqu'au sol en s'aidant des aspérités de la façade. En quelques foulées, elle gagne la cachette indiquée. Il ne lui a fallu qu'une poignée de secondes. Kar-El se doute que ça sera plus compliqué pour son autre compagnon.

— À ton tour, je vais t'aider.

Il attrape la main d'Onésime et le retient après que le biotik a basculé dans le vide. Le grand et maigre garçon ne pèse pas lourd, mais la position de Kar-El n'a rien de confortable. Les muscles de son bras commencent d'ailleurs à trembler. Qu'est-ce qu'Onésime attend pour sauter ?

La réponse arrive sous la forme de trois brèves notes sifflées, suivies d'une série de grognements assez gais. Une bande d'oursons chahuteurs s'amuse à se poursuivre juste sous les pieds d'Onésime, suspendu à mi-hauteur de la façade. Kar-El se concentre sur l'effort fourni pour supporter le poids du biotik. Surtout ne pas faire de bruit ni lâcher prise !

La sueur empoisse vite le front du tekno, dévale ses joues, l'arête de son nez, le chatouillant. Il résiste à l'envie de s'essuyer jusqu'à ce que les oursons déguerpissent en grognant de plus belle – sûrement l'équivalent ursinien d'éclats de rire.

Onésime se libère et ne tarde pas à filer vers la cachette de Shi-Ma. Kar-El inspire une grande bouffée d'air puis quitte enfin le toit. Sitôt à terre, il fonce tête la première à l'abri des fougères.

— Pas trop tôt, espèce de traînard ! l'accueille la protek à mi-voix.

Malgré le ton de reproche, elle affiche une mine soulagée. Elle reste quelques instants à fixer Kar-El droit dans les yeux, avec résolution. Celui-ci a complètement oublié sa première impression de malaise, quand il avait croisé son regard troublant dans la salle de repos de la Nef. Il aimerait même que ce moment se prolonge, mais Onésime s'impatiente. Le biotik lui secoue l'épaule en murmurant :

— Allons-y, maintenant...

Les fugitifs s'éloignent alors sur la pointe des pieds, attentifs à ne pas faire craquer de brindilles sous leurs bottes. Une fois à bonne distance de la clairière, ils se mettent à courir avec en point de mire le sommet des montagnes.

Objectif : atteindre les Purs et plaider la cause des humains auprès des ursiniens qui dominent cette nouvelle Terre !

Après une heure de course, les trois amis arrivent en vue d'une étrange construction. Ils en profitent pour marquer une pause, bienvenue pour Onésime. Curieuse, Shi-Ma inspecte les empilements de poutrelles en métal rouillé qui enjambent un large fossé. Une partie s'est écroulée depuis longtemps, entraînant dans sa chute ce qu'elle supportait.

— Vous avez une idée de ce que c'est ? demande-t-elle.

« *Les vestiges d'un pont de chemin de fer,* répond Celki. *Une des rares traces de l'occupation de la Terre par les humains. Je commençais à croire qu'il ne subsistait plus rien que les morceaux de plastique qui servent de décoration aux Fer-Crocs !* »

— Après dix mille années, fait remarquer Onésime, il ne doit plus rester grand-chose à voir des bâtiments ou même des villes. Des ruines couvertes de végétation, englouties sous les eaux, les éboulements… La nature reprend très vite ses droits. Les civilisations s'effacent et disparaissent.

— Ça n'a pas l'air de te déranger, souligne le tekno.

— L'histoire de l'humanité est courte par rapport à celle des plantes ou des animaux. Nos premiers ancêtres sont apparus il y a sept millions d'années, les premières plantes cinq cents ! Et je ne parle même pas des premiers organismes vivants…

— Non, merci, grince Kar-El.

— … qui se sont développés voilà plus de trois *milliards* d'années !

— OK, dit Shi-Ma, pigé : on est peu de chose. Pas la peine de s'embrouiller pour ça, les gars. Allez, on repart !

Elle a décidé de prendre les choses en main, approuve le tekno. Cela ne le dérange pas, au contraire. À présent, ils sont sur son terrain, celui de l'action. Alors mieux vaut ravaler sa fierté et la laisser diriger les opérations.

Ils repartent au pas de course, toujours en direction des sommets. Bientôt, ils longent la rive d'un torrent dont les eaux dévalent un chaos de rochers. Ici, le paysage devient plus désolé, les résineux de plus en plus espacés. Le soleil frôle à présent son zénith. La température a augmenté de plusieurs degrés. En nage, les humains plongent avec ravissement la tête dans les flots glacés avant de se désaltérer. Puis ils s'assoient à l'ombre, sous les branches d'un sapin, pour faire le point.

— Jusqu'ici, on s'en tire plutôt bien, souligne Shi-Ma. Vous assurez, les garçons ! ajoute-t-elle avec un air taquin.

— Pour des intellos, tu veux dire ? réplique Kar-El sur le même ton.

— Hum, ce n'est pas comme ça que je définirais un tekno, mais admettons…

Elle sourit à l'adresse d'Onésime et précise :

— Lui est une vraie grosse tête. Toi, c'est différent.

— Ah oui ? fait semblant de s'indigner Kar-El. Tu me trouves un peu limité, c'est ça ?

— Je n'irais pas jusque-là, quand même ! s'esclaffe la protek.

C'est la première fois que Kar-El l'entend rire et cela le touche droit au cœur.

— On forme vraiment une drôle d'équipe, remarque Onésime, songeur. Il y a une certaine alchimie entre nous, vous ne trouvez pas ? Je me demande si Celki a aussi pris en compte nos profils psy quand elle nous a choisis…

« *Au risque de vous décevoir, pas du tout !* les informe l'IA. *Je vous ai sélectionnés sur la base de vos compétences parmi des milliers d'autres candidats.* »

Kar-El l'en remercie en pensée. Si le débarquement avait eu lieu comme prévu sur Proxima, les aurait-il rencontrés, là-bas, parmi les centaines de milliers d'autres humains ? Rien de moins sûr !

La protek redevient sérieuse d'un coup en observant l'horizon déchiré par les pics enneigés.

— Les montagnes sont plus éloignées que je ne le pensais, dit-elle. On n'y arrivera jamais avant la fin du jour.

« *Il vous reste vingt-trois kilomètres à parcourir,* précise Celki. *Cette estimation, assez fiable, se base sur une simple opération de triangulation…* »

— On s'en moque, coupe Shi-Ma. Vingt-trois kilomètres de grimpette en terrain accidenté. Ce ne sera pas une promenade de santé, surtout le ventre vide !

— Pour moi, tu veux dire, lâche Onésime avec un soupir. Je vous ralentis tous les deux, j'en suis désolé…

— Ça ne fait rien, le rassure la protek. On ne te laissera pas tomber. On se relaiera pour t'aider à avancer. Mais on doit absolument continuer.

— Tu crois que les Fer-Crocs nous poursuivent ? demande le biotik sans cacher son angoisse.

— Ils ont dû constater notre fuite, dit Kar-El. Et s'ils nous rattrapent, Azaëlle ne se montrera plus aussi sympa !

— Taisez-vous, commande alors Shi-Ma dans un chuchotement, tirant son couteau de la ceinture de sa combinaison. J'ai entendu du bruit par là…

D'un geste du menton, elle indique l'aval du torrent. Les trois amis s'aplatissent sur le tapis d'aiguilles séchées, dissimulés dans la pénombre. Bientôt, la silhouette un peu ronde d'un ours brun revêtu d'une tunique se profile au détour d'un rocher, un paquet coincé sous une patte.

— Je crois que c'est Illya, murmure Kar-El. Il doit mener notre traque…

Le vacarme du torrent a beau couvrir leurs voix, Shi-Ma s'interroge tout bas :

— Il n'a pas l'air de suivre notre piste. Alors, qu'est-ce qu'il fiche là ?

— On ne va pas tarder à le découvrir…

En effet, un deuxième ursinien vient d'apparaître sur la rive, venu de la direction opposée. Un guerrier, celui-là, dont le gabarit évoque le grizzli, presque entièrement bardé de plaques d'acier. Apercevant Illya, il le hèle d'un grognement rauque.

Le fils d'Azaëlle se hâte de le rejoindre, à moins de trente mètres de la cachette des humains. Ils échangent quelques mots avant qu'Illya remette son paquet au combattant. L'objet emballé dans un morceau de toile paraît léger dans l'énorme patte du guerrier, mais il mesure tout de même une longueur de bras humain. Intrigué, Kar-El demande à l'IA :

— Celki, tu peux entendre ce qu'ils disent ?

« *Je capte quelques bribes de la conversation, mais leur sens m'échappe. Il est question je crois d'un cadeau ou d'une offrande, difficile de faire la distinction sans le reste de la phrase…* »

— Quoi d'autre ? insiste Shi-Ma.

Après quelques instants, les deux ours se séparent, chacun repartant par le même chemin qu'à son arrivée.

« *Ils ont échangé toutes sortes de salutations,* complète Celki. *Illya a insisté pour que l'autre les transmette en son nom à un officier supérieur, l'équivalent d'un général. Je n'ai pas très bien compris son nom, mais ça sonnait à peu près comme Zart ou Zort...* »

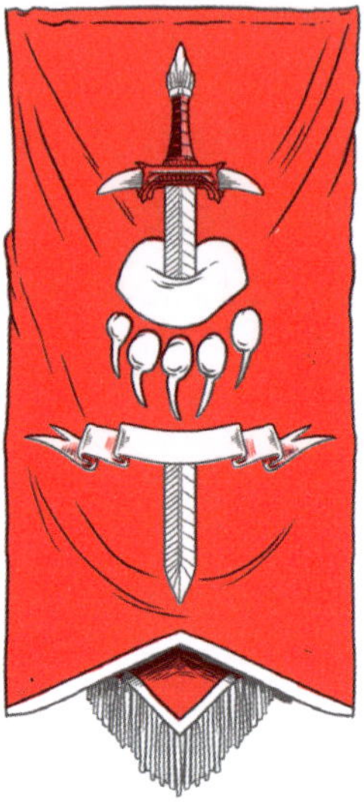

10. UNE ARMÉE EN CAMPAGNE

La vapomobile a refait le plein d'eau et de charbon, les estomacs de ses passagers celui de miel. À présent, l'engin fonce sur la piste qui traverse la forêt des Vieil-Ors. Une poignée d'abeilles l'accompagnent, de moins en moins nombreuses à mesure que la frontière se rapproche. D'ici quelques instants, l'expédition commanditée par Mahénielle pénétrera chez les Panses-Rondes.

Lorki tient le gouvernail à la place de Grysard. Celui-ci en profite pour réviser ses connaissances à leur sujet. Au contraire de leurs congénères restés des solitaires, les Panses-Rondes se sont regroupés pour construire une grande cité sur les berges du fleuve arrosant leur territoire. Les fondateurs et leurs descendants se livrent au négoce de marchandises arrivées de toutes parts. Ils ont réussi à prospérer malgré l'impôt prélevé par les Purs. Si bien qu'aujourd'hui une grande diversité d'ursiniens ont rallié le clan, attirés par la promesse d'une vie facile. La majorité de la population reste constituée de communs travaillant dans les champs et les vergers, les entrepôts et les magasins, les fabriques de tissus et d'ustensiles…

—Voilà le poste de douane, signale Lorki, coupant court aux pensées du savant.

— Simple formalité. Nous n'avons rien à déclarer.

Le petit diplomate émet un ricanement.

—Vous serez peut-être surpris. Croyez-en un spécialiste des tracas administratifs !

Une barrière coupe la route, qui rappelle au savant le sapin abattu devant eux ce matin… Mais nulle tentative de les assassiner dans le cas présent. Oggir et Gragg demeurent tout de même méfiants à l'apparition d'un douanier en uniforme.

— Messires, salue-t-il en portant la patte à son calot. Motif de votre visite ?

— Mission scientifique, répond Lorki avec un sourire engageant.

— Et votre destination ?

— Nous ne faisons que passer, précise Grysard. Nous nous rendons chez les Fer-Crocs.

À ces mots, le Panse-Ronde se renfrogne.

— Qu'allez-vous faire chez ces sauvages ?

— Je ne crois pas que ça vous regarde…

— Ce que veut dire mon camarade, s'empresse de l'interrompre Lorki, c'est que nous sommes mandatés par dame Mahénielle pour agir en son nom. Voyez sa griffe officielle.

Grysard présente l'anneau et sa pierre taillée sous le museau du douanier. L'effet est immédiat.

— Excusez-moi, messires ! J'ai reçu des ordres stricts, je dois tout contrôler. Et fouiller votre véhicule, si vous le permettez…

Le diplomate acquiesce. L'opération est vite menée, d'autant qu'Oggir et Gragg ne cessent de gronder en effleurant le pommeau de leur épée. Une fois la barrière levée et la vapomobile repartie de plus belle, Grysard fait remarquer :

— Drôlement tatillon... Comme si nous avions l'air de contrebandiers !

— Je pense qu'il nous a pris plutôt pour des espions, après que vous avez mentionné notre destination.

— Quelle idée ! Pourquoi donc ?

Le diplomate soupire avant de lâcher :

— Vous n'allez pas tarder à vous en rendre compte.

Il n'ajoute plus rien et demeure concentré sur le pilotage de la machine roulante. Songeur, Grysard s'absorbe dans la contemplation du paysage. C'est la première fois qu'il effectue un périple aussi éloigné de sa chère tour d'observation. Il y voit l'occasion de vérifier que les renseignements portés sur sa carte du monde correspondent à la réalité, ou non.

La forêt devient de plus en plus clairsemée, remplacée par des plantations d'arbres fruitiers. La cueillette est d'ailleurs en cours, confiée à des familles de communs. Même les plus jeunes sont mis à contribution, constate le savant, surpris de voir des oursons grimper aux plus hautes branches pour attraper jusqu'à la dernière pomme, jusqu'au plus petit abricot. Mais il est plus étonné encore par la présence de gardes armés autour des chariots chargés de paniers emplis à ras bord.

— Qu'est-ce que ces combattants ont à protéger ici ? demande-t-il à Lorki.

— Ils ont été dépêchés par le général Zord pour l'approvisionnement de son armée de campagne, révèle le diplomate, l'air chagriné. Elle vient mater la grogne des Fer-Crocs qui s'estiment, à juste titre, privés de saumons et sur le point de connaître la famine.

— Son armée de campagne ? répète le savant, interloqué. Alors, la guerre redoutée par Mahénielle est sur le point d'éclater ? Et les soldats détournent les provisions du clan Panse-Ronde, en plus ! Les Purs ne se contentent pas des ressources des lacs. Ils s'emparent aussi des récoltes des vallées !

— Cela a toujours fonctionné ainsi, hélas. La dîme est juste plus élevée à présent qu'il faut nourrir un plus grand nombre de soldats.

— Vous approuvez ce vol ?

— Mon opinion personnelle ne compte pas, grommelle Lorki tout bas.

Le savant comprend qu'il préfère ne pas émettre une critique qui pourrait parvenir aux oreilles de ses maîtres, par l'entremise d'Oggir et Gragg. Lui-même en a peut-être déjà trop dit. Tant pis, il fallait que ça sorte !

Le trajet se poursuit dans un silence maussade, si l'on excepte les pétarades de la chaudière à vapeur. Bientôt, la piste prend la forme d'une fourche, se divisant en deux. D'un côté, elle continue de filer à travers champs jusqu'à la grande cité des Panses-Rondes, dont on distingue au loin les silhouettes des plus imposants bâtiments ; de l'autre, elle s'enfonce dans un décor de collines aux dos ronds, couvertes de prairies, qui sont les contreforts des montagnes habitées par les Purs.

Sans hésitation, Lorki emprunte la deuxième direction. Ils roulent encore une heure environ avant de découvrir un spectacle impressionnant. Dans le fond d'un vallon s'étend un camp militaire, en bordure d'une petite rivière. La vision des centaines de tentes alignées en rang fait tressaillir Grysard.

Désormais, les remarques du diplomate prennent tout leur sens. De même que la méfiance du douanier et le détournement des récoltes de fruits des Panses-Rondes. Une armée en campagne, sur le pied de guerre, est comme une horde de pillards. Elle se soucie peu de savoir à qui appartient ce qu'elle consomme. Et elle craint les espions susceptibles de renseigner l'adversaire sur ses déplacements.

— Zord avance ses pions depuis longtemps, explique Lorki. Quand vous l'avez rencontré au palais, il venait de participer à un conseil de guerre. Hormis Mahénielle, les Purs lui ont accordé leur confiance pour mater la rébellion des Fer-Crocs.

— Avec un tel déploiement de force, ses intentions sont claires : il veut les éliminer !

Le diplomate ne prend pas la peine de confirmer l'évidence. Plusieurs milliers de soldats sont en effet rassemblés dans le camp. Certains s'entraînent au maniement de la lance ou de l'épée, tandis que d'autres creusent une tranchée devant la palissade de pieux délimitant le périmètre. D'autres encore veillent sur les bœufs mis à paître à proximité, ou sur les plus terrifiants taureaux de combat, séparés des autres montures par une solide clôture.

— Maintenant, vous saisissez l'importance de la *véritable* mission qui nous a été confiée, reprend Lorki. Mahénielle compte sur nous pour empêcher la guerre. S'il existe une chance, même infime, d'éviter le bain de sang, nous n'avons pas le droit de la rater !

Grysard ne peut qu'acquiescer. Mais il pense qu'il faudrait un miracle pour empêcher Zord de déclencher les hostilités. La chose tombée du ciel pourra-t-elle lui en fournir un à temps ?

— Repassez-moi le gouvernail, exige-t-il. Je vais pousser la machine au maximum. Il faut arriver chez les Fer-Crocs avant la nuit !

11. LE SERPENT DE FEU

Le jour décline avec rapidité. Le disque orangé du soleil s'enfonce sous la ligne des crêtes en face des fuyards, incendiant les neiges éternelles. Kar-El et Shi-Ma peinent sur le sentier accidenté, se relayant pour aider Onésime à tenir le rythme imposé depuis le départ. Mais les montagnes leur seront encore inaccessibles ce soir.

Quand les étoiles s'allument au firmament, les trois amis essaient de repérer la position de la

Nef – en vain. Un croissant de lune étire son sourire de travers comme pour se moquer d'eux et de leur petitesse dans un si vaste paysage.

— Quelle distance avons-nous couverte ? demande Kar-El entre deux halètements.

« *Une douzaine de kilomètres*, le renseigne Celki. *Pour vous être agréable, j'ai arrondi et décidé de vous épargner les hectomètres et décamètres. Ainsi, je ne me montrerai pas trop bavarde et je ne vous énerverai pas…* »

— Tu as encore une marge de progrès !

« *Oh, je parle encore trop, c'est ça ?* »

— On ne peut rien te cacher…

— Quand vous aurez fini de vous chamailler, s'impatiente Shi-Ma, on pourra se chercher un abri pour la nuit. Onésime a besoin de repos. Et puis, on n'y verra bientôt plus assez clair pour continuer sans danger.

Kar-El est du même avis.

— Planquons-nous dans ces rochers, propose-t-il avec un geste vers un amas de grosses pierres écroulées sur la gauche du sentier.

Ils trouvent une brèche où se glisser dans une sorte de trouée peu profonde. Assez toutefois pour échapper à la vue d'un voyageur qui passerait tout près de là.

— Je prends le premier tour de garde, annonce Shi-Ma en se postant à l'entrée, accroupie dos à la paroi.

— Ça me va, dit le tekno avec un bâillement. Fais quand même attention à toi…

— Tu t'inquiètes vraiment pour moi ?

— Non ! Enfin, si, mais bon…, s'embrouille Kar-El. Je suppose que tu connais ton boulot. Je te relèverai bientôt. Celki me réveillera dans deux heures.

« *Je peux faire mieux que ça et surveiller votre cycle de sommeil, afin de ne pas l'interrompre pendant une phase cruciale…* »

— Deux heures. Point final.

L'IA émet l'équivalent électronique d'un soupir mais ne proteste pas. L'obscurité estompe peu à peu le sourire de Shi-Ma. Kar-El s'allonge sur un sol tapissé de feuilles en décomposition. Onésime se coule à ses côtés, frissonnant sous la toile de sa combinaison. La température a sérieusement baissé depuis la disparition du soleil. Un soupçon de clarté lunaire s'infiltre par la brèche et souligne leurs silhouettes dans les ténèbres.

— C'est amusant, quand on y pense, murmure le biotik.

— Je ne vois pas ce qu'il y a de drôle, dit Kar-El.

— Moi si : nous... Réfugiés pour la nuit dans une espèce de grotte. Comme les ours l'ont fait pendant des millions d'années quand ils étaient encore des animaux sauvages. Alors qu'en ce moment même, Azaëlle et son clan dorment au chaud dans leurs cabanes et pas dans une bauge !

— Tordant, en effet. Maintenant, arrête de cogiter et dors. On repartira à l'aube.

Ignorant la faim qui lui triture les entrailles, Kar-El baisse les paupières. Mais ses pensées l'empêchent de sombrer comme il le souhaiterait dans un néant réparateur.

A-t-il pris la bonne décision en incitant ses camarades à s'évader de chez les Fer-Crocs ? Ne les a-t-il pas inutilement mis en danger ?

Il finit par somnoler sans obtenir de réponse. Les images d'un rêve insensé viennent alors le tarauder. Il s'y voit transformé en ursinien, tout couvert de poils bruns, et se balançant doucement dans un hamac, serré contre une dame ourse musclée dont le parfum lui rappelle celui de Shi-Ma...

— Réveille-toi, souffle la voix de la protek au creux de son oreille.

Kar-El rouvre les yeux, un instant déconcerté. La main de la jeune femme lui couvre la bouche pour l'empêcher de parler, le forçant à respirer l'odeur acidulée de sa peau. Voilà qui explique au moins une partie de son rêve idiot !

— Quelque chose descend de la montagne, reprend Shi-Ma. Je ne sais pas quoi, mais c'est impressionnant. Viens juger par toi-même, sans faire de bruit.

Onésime dort paisiblement. Inutile de le déranger pour le moment. Kar-El se faufile derrière la protek jusqu'à la fissure dans le roc. L'ouverture est si étroite qu'ils sont obligés de se presser l'un contre l'autre pour s'y tenir de front. La douceur de ce contact trouble le tekno. Mais ce qu'il aperçoit non loin de leur cachette lui fait oublier son embarras.

Un gigantesque serpent de feu dévale en sinuant la pente qu'ils ont commencé de grimper plus tôt dans la journée !

Qu'est-ce que c'est que ce délire ? s'étonne le tekno. *Après les ours intelligents, un dragon flamboyant ? Mais ce genre de bestiole n'existe que dans les mythes et les légendes de la vieille humanité…*

— Incroyable, chuchote Onésime par-dessus son épaule, le faisant sursauter.

— Chut ! lui intime Shi-Ma. Les sons portent loin la nuit.

Kar-El ménage une place pour le biotik, le maudissant de l'avoir surpris et aussi de rompre son intimité avec la protek. Ce n'est pourtant pas le moment de se montrer jaloux, surtout qu'il ne s'est rien passé…

Les trois amis contemplent, abasourdis, le défilé de la créature incandescente qui ne tarde plus à leur passer sous le nez. Un martèlement accompagne son avancée. Celui de centaines de sabots ferrés claquant sur la roche du sentier, réalisent-ils tandis que la réalité s'impose à leurs esprits.

En effet, il ne s'agit pas d'un serpent géant, encore moins d'un dragon, mais d'un cortège de cavaliers au galop éclairé par des flambeaux. Les flammes projettent les ombres d'ursiniens portant l'armure et surtout celles de leurs montures, les déformant jusqu'à la caricature…

Sauf que ce ne sont pas des chevaux, réalise le tekno. Non, les ours guerriers montent de grosses bêtes à cornes, aussi massives que musclées, couvertes d'une épaisse toison. Kar-El a du mal à les identifier. Au contraire du biotik, dont la mémoire contient la liste des espèces disparues – ou du moins supposées telles !

— Des yacks, susurre Onésime, estomaqué.

Le nom ne suscite aucun écho sous le crâne du tekno. Quand il était enfant, avant l'envol de la Nef, le Cataclysme avait éradiqué la majorité du vivant, précipitant la fuite des derniers représentants de l'Humanité. Il faut croire que la planète a profité de leur absence pour redonner une chance à ses plus anciens habitants…

— Halte ! rugit soudain une voix puissante.

Le cortège s'immobilise. Un frisson secoue Kar-El, sans que le froid en soit la cause. Shi-Ma marmonne tout ce qu'elle connaît de jurons et s'empare de son couteau. Onésime suspend son souffle.

À une vingtaine de pas de leur abri, plusieurs guerriers hument l'air, museau au vent. L'un d'eux, remarque Kar-El, dépasse d'une tête ceux qui l'entourent – un véritable colosse, même en comparaison des grizzlis !

La lueur des torches révèle un autre détail surprenant : sous l'acier rutilant de son armure, il arbore un pelage d'une blancheur éclatante.

D'un geste, il ordonne à quelques soldats de mettre patte à terre. Épée au poing, ceux-ci se déploient devant l'éboulement de roches où les humains se dissimulent.

Pris au piège, une fois encore, songe Kar-El avec amertume. *Trahis par notre odeur*...

— On ferait mieux de se rendre avant qu'ils passent à l'attaque, suggère-t-il à ses compagnons. On aura peut-être une chance de s'en tirer s'ils sont comme Azaëlle.

— Je préfère me battre ! assure Shi-Ma, les doigts refermés sur le manche de son couteau.

— Ne dis pas n'importe quoi, la rabroue Onésime. Même toi, tu ne fais pas le poids face à de tels adversaires. Tu veux mourir entre leurs crocs ?

Shi-Ma finit par secouer la tête, les dents serrées de frustration. Elle abandonne son arme et ils sortent à pas prudents, exposant leurs mains vides en signe de paix.

Les ursiniens poussent des grognements ébahis en les apercevant. Seul le grand ours blanc reste de marbre, les dominant de toute sa taille, doublée par celle de son yack.

Puis, alors que les trois humains parviennent à sa hauteur, il lance avec fureur :

— À genoux devant Zord, démons puants !

12. PAR LES CROCS DE L'OURS-PÈRE !

Grysard regrette de n'avoir pas songé à équiper sa vapomobile de lanternes qui auraient facilité la conduite de nuit. Mais il n'a jamais envisagé de virée nocturne au gouvernail de sa machine : l'idée lui serait même parue insensée, autant que celle d'une guerre susceptible de tourner à l'ursicide pour une ridicule histoire de saumons !

Pourtant, c'est ce qu'il risque de se produire si l'armée du général Zord affronte les Fer-Crocs. Ceux-ci n'ont aucune chance de l'emporter. Et ils ne devront surtout pas compter sur la clémence du grand guerrier. Jamais il ne leur laissera l'opportunité de panser leurs plaies en vue d'une revanche. Il n'aura aucune hésitation à massacrer le clan entier pour envoyer un signal à quiconque s'aviserait d'entrer en rébellion : voilà ce qui arrive quand on brave l'autorité des Purs…

— Ralentissez, maître Grysard ! supplie Lorki, cramponné au banc et secoué dans tous les sens. Si nous percutons un tronc à cette allure, c'est la fin de notre expédition !

Il est obligé de hurler pour se faire entendre par-dessus la pétarade de la chaudière. À l'arrière, Oggir et Gragg n'en mènent pas large, eux non plus. Au moins restent-ils muets, comme à leur habitude.

— Pas une minute à perdre ! réplique le savant sans quitter la piste des yeux, ou le peu qu'il en distingue au clair de lune, car sa vision nocturne est encore moins bonne que celle de la journée.

Un sifflement lui fait soudain dresser l'oreille, précédant de peu un sinistre ferraillement… Un jet de vapeur s'échappe du ventre de la chaudière, percé par une flèche de fer ! Pour éviter d'être ébouillantés, Oggir et Gragg sautent chacun de leur côté et roulent dans la poussière, protégés des bosses et des plaies par leur armure.

Privée de pression, la vapomobile perd de la vitesse. Elle s'arrête au milieu de la piste après un dernier tour de ses roues motrices.

— À couvert, maître Grysard ! s'exclame Lorki en s'aplatissant sur le plancher. On nous tire dessus, au cas où vous n'auriez pas remarqué !

Le savant s'exécute, mais tient à préciser :

— C'est ma machine, la cible…

— L'assassin a mal visé le premier coup. Il ne ratera pas le prochain si vous vous exposez.

Grysard trouve quand même bizarre que le projectile ait évité quatre passagers pourtant immanquables par leur taille. Sans toutefois oser pointer le museau par-dessus la coque, il appelle à voix basse :

— Gragg, Oggir, ohé, vous m'entendez ? Rien de cassé ?

— Non, grogne l'un.

— Rien, gronde l'autre.

— Toujours aussi bavards, nos gardes du corps, souligne le diplomate avec une pointe de soulagement. Flairez-vous la même odeur qu'après la chute du sapin ? leur demande-t-il.

— Non, assurent les combattants à l'unisson.

— Cela ne prouve rien, cogite Lorki tout haut. Ils sont peut-être plusieurs...

— Ou on veut juste nous empêcher d'aller plus loin, rétorque Grysard. Mais pas nous tuer.

Il se redresse et s'efforce de ne pas trembler quand il s'adresse à l'obscurité des sous-bois :

— Dame Mahénielle nous envoie à la recherche de la chose tombée du ciel. Si vous nous conduisez jusqu'à elle, nous promettons de tout tenter pour éviter la guerre !

Un silence prolongé accueille cette proposition. Jusqu'à ce qu'une voix bourrue s'élève des ténèbres en bordure de la route :

— Qui te dit que nous voulons la paix, Mords-Lune ?

Grysard tressaille. Celle qui a parlé se trouve beaucoup plus près de la vapomobile qu'il ne l'aurait cru. Pourtant, il n'a rien entendu bouger dans les broussailles, ni perçu le moindre mouvement, encore moins d'odeur suspecte parmi celles de l'humus et des champignons. Oggir et Gragg non plus, à en juger par leurs mines consternées. Ils portent la patte à la poignée de l'épée, mais sont vite dissuadés de sortir la lame du fourreau :

— Quand le fer est tiré, le sang doit couler. Réfléchissez bien !

Un bruissement de feuilles froissées suit la menace. Une douzaine de guerriers encerclent les deux combattants. Prudents, ceux-ci renoncent à l'affrontement.

— Sage décision, reprend celle qui semble commander.

Elle daigne enfin se montrer. De la même taille modeste que Grysard ou Lorki, elle s'appuie sur un bâton noueux pour s'avancer jusqu'au véhicule désormais inutile.

— Ces engins ne sont pas fiables, remarque-t-elle. Une flèche suffit à les arrêter !

— Comme n'importe quelle monture, madame, précise Lorki en se présentant les pattes levées. Ou chacun d'entre nous, hélas !

Il inspecte la nouvelle venue de la tête aux pieds, l'air très étonné.

— Êtes-vous celle que je crois ? lui demande-t-il. L'ancienne diplomate, Azaëlle de Bois-Mesnil ?

La surprise fait grimacer la vieille ourse.

— C'est bien moi, grommelle-t-elle. Toi aussi, tu sers la Pure ?

Lorki abaisse les pattes en opinant.

— En voici la preuve, dit-il.

D'un geste, il incite Grysard à exhiber son anneau sous le museau de la cheffe du clan Fer-Croc.

— La griffe de Mahénielle, reconnaît-elle. Mais vous avez parcouru tout ce chemin en vain. Il ne reste plus rien de la chose que vous cherchez. Nous avons récupéré les morceaux de fer qu'elle a semés, ils nous fourniront de nombreuses flèches. Quant à ceux qu'elle transportait dans son ventre, ils se sont échappés…

— Pas si vite ! s'exclame le savant. La chose a apporté des ursiniens avec elle ?

— Ce n'est pas ce que j'ai dit. C'étaient peut-être des esprits, peut-être des démons. Petits, maigres, sans fourrure, ni griffes, ni crocs, incapables de grogner clairement…

— Mais ils parlent notre langue ?

— Grâce à un bracelet magique. De la sorcellerie, oui !

Grysard se méfie des superstitions et ne partage pas cet avis, mais il garde son opinion pour lui. Quel peut donc être cet étrange bracelet ?

— Ils sont envoyés par l'Ours-Père ou la Grande Mère de la couronne de glace, dit Lorki en désignant les milliers de joyaux scintillants dans les cieux, loin au-dessus de leurs têtes. En tout cas, Mahénielle le croit…

— Pourquoi les dieux n'ont-ils pas choisi des ursiniens ? s'étonne la Fer-Croc.

— Leur manière de procéder est souvent incompréhensible, réplique Lorki. Mais peu importe, Azaëlle de Bois-Mesnil ! Tu dois nous aider à les retrouver. Tu as été une grande diplomate, un modèle pour moi. Je ne peux pas croire que tu ne veuilles plus la paix…

— Je sais qui j'étais. C'est du passé. Aujourd'hui, j'ai rejoint mon clan pour le guider. Il en a grand besoin depuis que ce maudit Zord veut l'affamer. Et si ça doit déclencher la guerre, il en sera ainsi, par les crocs de l'Ours-Père !

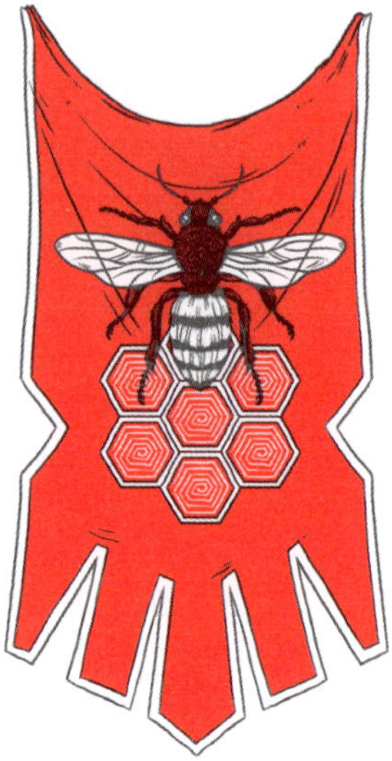

13. ENTRE LES GRIFFES DU GÉNÉRAL

Ligotés et jetés comme des paquets en travers du dos des yacks montés par les ours guerriers, les trois humains n'en mènent pas large. Kar-El essaie de se raisonner : si Zord avait voulu les tuer, il en aurait donné l'ordre sur le sentier dans la montagne. Mais il a préféré les capturer et les emporter avec lui. C'est donc qu'il ne leur veut pas de mal…

Enfin, en théorie !

Au fil des heures, les ursiniens s'enfoncent de plus en plus loin dans une vallée boisée, sur un chemin différent de celui que les fuyards ont suivi après leur fuite du village Fer-Croc. Les flambeaux deviennent inutiles aux premières lueurs du jour. Les montures peuvent alors accélérer l'allure.

Au bout d'un moment, ils sortent de la forêt pour arriver en vue d'une palissade de rondins, bordée d'un fossé hérissé de pieux. Postées en haut de tours de guet, des sentinelles lancent l'alerte :

— Le général ! Voilà le général ! Ouvrez les portes !

Aussitôt dit, aussitôt fait. La colonne pénètre dans un campement où s'alignent des tentes par dizaines. Des cris de joie résonnent tandis que grizzlis et kodiaks forment le rang et présentent les armes. Celles-ci, remarquent les humains impressionnés, marient le bois et l'acier dans une profusion d'épines acérées et de lames affûtées, comme le prolongement des membres naturels de leurs propriétaires.

Bientôt un seul mot s'échappe des gosiers des guerriers, formé d'une syllabe brutale, répétée avec force : *Zord ! Zord ! Zord !*

Chaque ours géant frappe en cadence le plastron de son armure. Puis tous poussent en même temps le plus formidable des rugissements, qui fait trembler l'air alentour. Comme ils sont des milliers, le résultat s'avère assourdissant !

Zord parade avec fierté avant de mettre patte à terre devant la plus luxueuse des tentes, plantée en plein milieu du camp. Des soldats forment un infranchissable carré autour d'elle. Tous ont le même pelage blanc que le général et l'air aussi arrogant.

Des Purs, comprend Kar-El, se souvenant des paroles d'Azaëlle. Il adresse un regard appuyé à Shi-Ma. La protek lui renvoie un hochement de tête – *j'ai vu et j'ai pigé*. Onésime, lui, promène des yeux écarquillés sur cette armée d'ursidés. Kar-El n'a aucun mal à deviner ce qu'il pense : *Les Fer-Crocs n'ont pas la moindre chance face à un tel adversaire !*

Sur un signe de Zord, les prisonniers sont transportés sous la tente et déposés sans ménagement sur d'épais tapis rugueux. Le général se penche alors de toute sa hauteur sur le trio toujours entravé et demande avec agressivité :

— D'où venez-vous, démons ? Surtout ne mentez pas !

Shi-Ma secoue le menton pour signaler à ses amis son intention de ne rien dire. Mais son geste ne passe pas inaperçu, et Zord la bouscule d'un coup de patte dans les côtes en grondant :

— Je vois que vous me comprenez. Vous feriez mieux de parler. Vous éviterez les problèmes. Vous avez l'air fragiles, vos os doivent se briser facilement…

— Ne lui faites pas de mal ! s'écrie alors Onésime, une lueur de panique dans les pupilles.

Zord pousse un grognement de surprise, car Celki reste muette et il n'a rien saisi. Shi-Ma fusille le biotik du regard pour qu'il se taise, mais trop tard pour l'arrêter :

— On a besoin de l'aide des Purs, rappelle-t-il à ses compagnons. On s'est évadés pour entrer en contact avec eux. Eh bien, c'est fait, non ? Pourquoi refuser de collaborer ? Vous avez envie que cette brute vous torture ? Celki, traduis ce que je dis !

« *Vous êtes sûr ? Ce spécimen d'*ursus maritimus *ne semble pas très amical. Je préconise la prudence…* »

— Non, vas-y, l'encourage Kar-El. Maintenant, il sait qu'on parle, et en effet, nous le cherchions.

Et puis je suis d'accord avec Onésime : évitons qu'il teste notre résistance.

Shi-Ma lâche un « peuh » méprisant avant de préciser aux garçons :

— Je peux encaisser…

— Arrête de jouer tout le temps les dures, coupe le biotik, suppliant. Tu as vu sa taille ? Il doit peser pas loin d'une tonne ! Il te démembrera d'un revers de patte !

— Je n'ai pas besoin que tu veilles sur moi, OK ? Je suis entraînée à supporter la douleur…

— Je refuse de te voir mourir parce que tu es trop bornée, lâche Onésime d'un ton désespéré, ajoutant plus bas : Je tiens à toi, tu comprends ?

L'aveu arrache une moue à Shi-Ma, qui ne s'y attendait pas. Kar-El non plus. Une pointe de jalousie lui aiguillonne le cœur quand il voit la protek sourire au biotik avec une certaine chaleur. Mais le moment est mal choisi pour explorer ses sentiments, aussi se hâte-t-il de reprendre la parole.

— Celki, traduis pour moi : Nous ne sommes pas des démons, général. Cette querelle ridicule en est la meilleure preuve. Vous n'avez pas besoin de nous traiter comme des ennemis. Nous venons de très loin et nous nous sommes égarés sur votre territoire. Si vous acceptez de nous aider à repartir, je vous promets que vous y gagnerez. Nous pourrons vous offrir une récompense qui dépasse vos espérances.

Zord écoute le plaidoyer du tekno sans montrer aucun signe d'intérêt. Puis il éclate d'un rire tonitruant.

— Par les crocs de l'Ours-Père, je n'ai jamais rien entendu d'aussi drôle ! Tu me crois vraiment stupide, démon ? Je sais ce qui vous est arrivé : vous avez été chassés de la couronne glacée par notre Grande Mère. Elle s'est lassée de vos mensonges et vous a abandonnés parce que vous êtes de mauvais serviteurs, comme tous les avortons de votre espèce !

— Notre espèce ? s'étonne Kar-El. Vous avez déjà vu des créatures qui nous ressemblent ?

— Je suis un Pur, ne l'oublie pas, répond Zord, mystérieux.

Un garde se présente alors à l'entrée de la tente, accompagné d'un guerrier à la fourrure brune. Le général se détourne des prisonniers pour aller s'entretenir avec eux.

— Bravo, bien joué, les gars, ironise Shi-Ma à voix basse. Vos discours l'ont convaincu, sauf que je ne sais pas de quoi !

— Vous avez entendu comme moi, dit le tekno. Les Purs connaissent l'existence des humains ! D'accord, ils nous prennent pour des démons au service de cette Grande Mère, certainement une déesse pour eux, mais peu importe...

— Tu crois qu'ils ont conservé une part de la mémoire des temps anciens ? complète Onésime avec une pointe d'espoir.

— À l'abri des autres clans dans ce qui leur tient lieu de tanière, je pense, confirme le tekno. Et s'ils se souviennent de nous, ils ont peut-être aussi conservé une trace de notre technologie. On avait raison de supposer qu'ils étaient capables de nous aider à entrer en contact avec la Nef !

— Ne vous emballez pas trop vite, reprend Shi-Ma en se contorsionnant pour tenter de se débarrasser de ses liens.

Comme elle n'y parvient pas, elle se tortille jusqu'à Kar-El.

— Tu peux bouger les doigts ? Essaie de desserrer la lanière autour de mes poignets... Rien qu'un peu, ça suffira, je me débrouillerai après… Mais dépêche-toi avant le retour du général !

Le tekno se concentre et fait de son mieux. Pas facile, dans sa position, avec les mains nouées dans le dos, mais il parvient à donner assez de jeu à Shi-Ma.

— Attention, les prévient Onésime. Le revoilà !

Kar-El roule sur le flanc juste à temps pour s'éloigner de la protek. Zord paraît n'avoir rien remarqué de leur manège. Il tient entre ses pattes une espèce de colis enrobé d'un morceau de toile, qu'il pose avec une étonnante délicatesse sur la grande table occupant une partie de la tente.

— Le paquet d'Illya, souffle le biotik. Qu'est-ce qu'il contient, à votre avis ?

— Notre ticket vers la sortie, si j'arrive à m'en emparer ! se réjouit Shi-Ma tandis que le général déroule le tissu de protection avec précaution, exhibant peu à peu le canon du chokeur qu'elle avait cru ne plus jamais revoir.

— Pourquoi le fils d'Azaëlle le lui a-t-il offert ? s'interroge Onésime.

— Pour s'attirer ses faveurs, répond Kar-El dans un murmure. Je pense qu'il compte trahir son clan…

— Silence ! gronde Zord en contemplant l'arme issue d'une science qui le dépasse.

Pointant une griffe menaçante sur chacun de ses prisonniers, il leur commande :

— Apprenez-moi à déclencher les éclairs, comme l'Ours-Père et la Grande Mère vous l'ont appris. Je sais que c'est à ça que sert cet objet. Inutile de me mentir.

Voilà donc ce qu'a raconté Illya au grizzli dans la montagne, songe le tekno. Le rejeton d'Azaëlle est assez futé pour savoir où se trouve son intérêt. Un cadeau pareil lui assurera une place privilégiée dans la future organisation du clan Fer-Croc, ou ce qu'il en restera après l'affrontement avec l'armée de Zord…

— Et si nous refusons ? demande-t-il.

« *Ce n'est peut-être pas une bonne idée de le provoquer, si je puis me permettre* », intervient Celki.

— Vous êtes trois, rétorque l'ours blanc en dégainant son épée. C'est deux de trop. J'ai besoin d'un seul démon pour me donner des explications.

Il brandit sa lame, plus longue que le bras et large d'au moins une main, au-dessus de Shi-Ma. Celle-ci le toise en souriant.

— Ne lui dites surtout rien ! lance-t-elle avec défi. On va voir s'il ose ou s'il n'est qu'un énorme fort en gueule ! Traduis, Celki…

L'IA obtempère. L'œil du général s'allume d'une lueur haineuse et sa patte s'abat d'un geste rageur.

— NON ! s'écrient Onésime et Kar-El.

Mais le tranchant de l'épée a frappé l'endroit où se tenait la protek une fraction de seconde plus tôt, perçant les tapis et creusant un sillon dans la terre aplanie par-dessous. Si elle n'avait eu d'aussi admirables réflexes, Shi-Ma serait à présent coupée en deux !

Elle n'en reste évidemment pas là. D'un mouvement aussi vif que gracieux, elle se redresse et se libère de ses entraves tandis que Zord, hargneux, retire son épée du sol. Shi-Ma l'ignore pour se ruer sur le chokeur. En un clin d'œil, elle bondit sur la grande table, s'empare de l'arme et se retourne vers le général pile au moment où il s'apprête à la transpercer.

La décharge électrique fuse à pleine puissance. Le métal dont Zord est recouvert amplifie son effet. Il tressaille et les poils de sa fourrure se hérissent sous les pièces de l'armure. Enfin, le Pur vacille et s'effondre sur les tapis avec un bruit de ferraille.

Kar-El suspend son souffle, craignant que le fracas n'attire les gardes. Mais ceux-ci doivent avoir l'habitude des éclats de leur supérieur et d'obéir seulement à sa voix, car aucun ne pointe le museau par l'ouverture de la tente.

Shi-Ma se hâte de dénouer les liens de ses amis, prête à tirer sur quiconque se présenterait à l'improviste.

— C'est de la folie ! s'épouvante Onésime. Comment va-t-on sortir d'ici ? On est entourés par des milliers d'ours en panoplie de guerrier !

— Qui tiennent tous à la vie de leur général, j'en suis certaine, affirme la protek. Et croient que nous sommes des démons renvoyés sur Terre par la Grande Mère. Ils ne seront pas étonnés qu'on se comporte comme tels. Alors, improvisons-leur un numéro de magie susceptible d'assez les impressionner pour qu'ils nous laissent partir.

Kar-El acquiesce, comprenant où elle veut en venir.

— Ça vaut le coup d'essayer, en tout cas. Et puis on n'a plus vraiment le choix !

14. D'EXTRAVAGANTES HYPOTHÈSES

Grysard avance en bougonnant derrière Lorki et les deux combattants, sous la surveillance des Fer-Crocs. Privés d'un digne moyen de locomotion depuis qu'une flèche a percé la chaudière de la vapomobile, ils crapahutent dans la forêt derrière la troupe d'Azaëlle, en plein milieu de la nuit. L'exercice ne convient guère au Mords-Lune, habitué à son confort et coupé de la nature sauvage. Le savant n'a jamais autant regretté l'éloignement de sa tanière douillette !

L'épreuve prend fin avec le lever du jour. Ils débouchent dans une clairière abritant un village des plus sommaires – des baraques en rondins, une forge et une maison commune où chacun va et vient. Tout le monde se dirige vers cette dernière. Épuisé, Grysard s'y réchauffe le poil au grand feu qui brûle dans la cheminée.

Azaëlle s'éclipse quelques instants. Elle revient avec un petit sac muni de lanières tissées dans une matière inconnue du savant.

— Voilà tout ce qu'il reste des sans-poils, dit-elle. Je me demande pourquoi ils ne l'ont pas emporté.

— Y avait-il autre chose ? s'enquiert Lorki, curieux.

— Une sorte d'arbalète qui roussit le poil et secoue les os. Un de mes guerriers a été frappé par une espèce d'éclair qui en est sorti et a perdu connaissance. Nous avons cru qu'il avait rejoint la couronne glacée… Sauf que non, il respirait encore !

— Je vois, prétend Grysard, qui ne discerne pas grand-chose mais ne veut pas afficher son ignorance. Comment les créatures ont-elles réussi à vous échapper ?

La réponse ne vient pas de l'ancienne diplomate, mais d'un commun lui empruntant quelques traits :

— Par ruse, car ce sont des démons !

— Illya, mon fils, le présente Azaëlle. Oui, tu as raison… J'aurais dû me montrer plus prudente…

— On ne peut pas être aussi sûr de ce qu'ils sont, avance le savant. Vous dites qu'ils n'ont pas tué votre guerrier. Des démons n'auraient pas hésité…

— Ça prouve quoi ? l'interrompt Illya avec agressivité.

— Je tiens à m'assurer de la nature exacte des visiteurs. Dame Mahénielle m'a confié une mission…

— Peuh, un valet des Purs ! Mère, tu lui fais confiance ?

— Nous ne sommes pas vos ennemis, intervient Lorki avant que la situation ne dégénère. Au contraire, je vous garantis que Mahénielle ne souhaite pas vous déclarer la guerre.

— Elle doit être la seule ! ironise Illya. Les troupes de Zord se massent à la frontière. Vous l'ignorez ?

— Non, reprend Grysard. Nous les avons observées en passant. Elles sont nombreuses et bien équipées. Vous n'aurez pas la moindre chance de les vaincre…

— Par les Crocs de l'Ours-Père, surveille tes paroles ! Nous ne craignons aucun ennemi !

— Cela suffit, Illya, gronde Azaëlle en retroussant les babines et en lui agitant son bâton sous le museau. Notre clan se battra puisqu'il n'a pas d'autre choix. J'ai convoqué l'ensemble de nos guerriers. Ils sont en marche, depuis tous les villages de la forêt. Je n'attendrai pas que Zord déclenche l'attaque. Je le surprendrai dans la vallée où il a monté le camp. Mais le Mords-Lune n'a pas tort : nous risquons la défaite. Il y aura beaucoup de morts. Je dois y penser. Si tu étais à ma place, tu comprendrais…

Une drôle de lueur s'allume dans l'œil d'Illya, qui s'empresse de répliquer :

— Nul ne peut te remplacer, surtout pas moi. Quand tu rejoindras la couronne glacée, le plus tard possible j'espère, le sort décidera de qui te succédera !

— Que pensez-vous de tout ça, maître Grysard ? demande Lorki alors qu'ils se reposent dans des hamacs, quelques instants plus tard. Les mystérieux sans-poils et leurs pouvoirs, les Fer-Crocs sur le sentier de la guerre... Parlez franchement, je ne crois pas que nos gardes du corps puissent nous entendre !

Les ronflements d'Oggir et Gragg s'élèvent des hamacs voisins, suspendus à une poutre du plafond de la maison commune. Sitôt avalé un festin de miel Vieil-Or et de mûres juteuses, le grizzli et le kodiak n'ont pas fait long feu. À peine ont-ils pris le temps d'annoncer qu'aucun Fer-Croc ne portait l'odeur du bûcheron assassin avant de fermer les yeux...

— Je suis dépassé, Lorki, avoue le savant. Mais je ne crois pas aux démons.

— Cela nous fait un point commun, sourit le diplomate. Bien sûr, je ne le répéterais pas devant les Purs, car ils sont persuadés de leur existence. Je m'étonne d'ailleurs que le fils d'Azaëlle colporte ces balivernes !

— Illya ne m'inspire aucune confiance. Il jalouse sa mère.

— Ça m'a aussi paru évident. Mais nous ne sommes pas ici pour régler les querelles du clan. Puisque nous avons établi avec assurance ce que *ne sont pas* les sans-poils, alors que peuvent-ils bien être, selon vous ?

Grysard y réfléchit depuis les aveux d'Azaëlle, sans parvenir à échafauder rien d'autre que d'extravagantes hypothèses.

— Ils sont tombés du ciel dans un fracas de ferraille, rappelle-t-il. Cette nuit-là, j'ai vu quelque chose apparaître au-dessus de nos têtes. J'ai d'abord cru à un morceau de la couronne de glace qui se serait détaché…

Il marque une pause, vérifie qu'Oggir et Gragg dorment profondément, puis reprend :

— À présent, je suis convaincu qu'il s'agissait de la machine des sans-poils !

— Une machine *volante* ? s'étonne le diplomate. Un tel prodige est donc possible, maître Grysard ?

— Pour beaucoup d'ursiniens, la vapomobile relève du miracle. Pourtant, son fonctionnement n'a rien de sorcier ! Alors, pourquoi pas une version capable de franchir les distances aériennes ?

Un silence passe, haché par les ronflements d'Oggir et Gragg. Puis Lorki se remet à murmurer :

— Fascinant... Et inquiétant en même temps !

— Pourquoi ?

— Si les sans-poils sont capables de diriger une machine volante, de manipuler une arme crachant des éclairs, alors ils sont aussi puissants que l'Ours-Père ou la Grande Mère. Voire plus. Peut-être n'ont-ils pas été envoyés par eux, comme le croit Mahénielle...

— Mais qu'ils sont eux-mêmes des dieux, conclut Grysard en frissonnant.

Ce qui soulève plein de questions nouvelles, poursuit-il interieurement. *Pourquoi ces étranges divinités se sont-elles manifestées ? Ont-elles un message à propager parmi les clans ? Le témoignage d'Azaëlle ne semble pas l'indiquer, mais les puissances supérieures ne sont pas réputées pour leur clarté ! L'Ours-Père et la Grande Mère ont créé le monde sans laisser d'explications à ses habitants avant de s'envoler à destination de la couronne glacée...*

S'envoler, se répète Grysard, frappé par la coïncidence. Jusqu'à présent, il n'a guère accordé d'importance à ces histoires racontées aux oursons pour satisfaire leur curiosité à propos des origines du monde. Mais si les machines volantes existent bien, se pourrait-il qu'il y ait un lien ?

Il étouffe un bâillement, rattrapé par la fatigue et le découragement. Sa mission se complique soudain, car il ignore de quelle façon relier ces nouveaux éléments aux anciens. Les seuls capables de lui venir en aide ont disparu, emportant avec eux leurs secrets. Tant qu'il n'aura pas retrouvé les sans-poils, le savant n'obtiendra aucune réponse à ses interrogations.

Une seule lui importe, désormais : où sont donc passées les créatures tombées du ciel ?

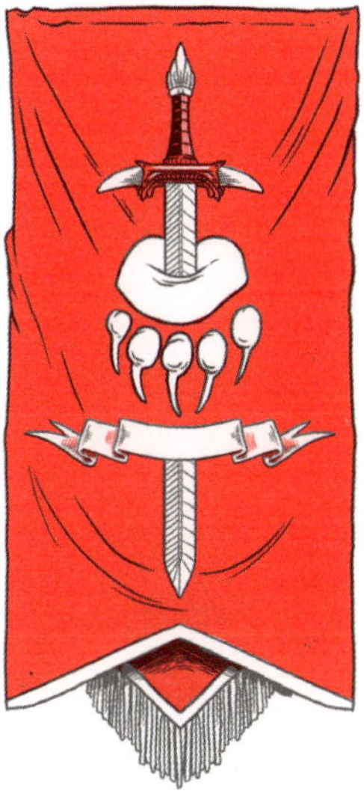

15. TOUR DE MAGIE ET SACRIFICE

— Prêts, les garçons ? demande Shi-Ma après un coup d'œil sur le niveau de la batterie du chokeur. En cas de besoin, j'ai de quoi expédier cinq ou six adversaires au pays des rêves, pas davantage. Après, s'ils décident d'attaquer, il faudra sprinter !

— Ça ne servira à rien, précise Onésime d'un air accablé. Malgré leur poids, les ours géants courent plus vite que les humains. Ils nous rattraperont sans difficulté…

— Alors, tu as intérêt à être convaincante dans le rôle de la Grande Mère, conseille Kar-El à Celki. Sinon, nous ne ferons pas trois pas avant d'être taillés en pièces !

« *Je ferai de mon mieux pour incarner la déesse*, promet l'IA. *Mais je vous rappelle que je ne suis pas spécialiste des ursidés. Mes banques de données manquent d'informations à leur sujet…* »

— Contente-toi de donner de la voix et laisse-nous gérer le reste. Allez, on y va !

Le tekno prend une grande inspiration avant de soulever le pan de toile qui protège l'entrée de la tente du général Zord. Celui-ci est toujours allongé, KO, sur les tapis qui recouvrent le sol. Dès qu'ils l'aperçoivent dans cette fâcheuse posture, les membres de la garde des Purs brandissent leurs espèces de tranchoirs hérissés de lames courbes, comme leurs griffes, et se mettent à grogner, babines retroussées sur des rangées de crocs luisants.

« *À genoux !* tonne Celki, suivant le plan élaboré quelques instants plus tôt. *Prosternez-vous devant les émissaires de votre Grande Mère !* »

Réglé au maximum, le volume du bracekom atteint un nombre impressionnant de décibels.

L'IA déforme son timbre dans les graves pour produire encore plus d'effets. Comme sa voix semble provenir de nulle part, l'aspect magique du stratagème s'en trouve décuplé. Reste à mesurer son efficacité…

Kar-El, Onésime et Shi-Ma s'avancent de front en essayant de ne pas trembler ni détourner le regard de ceux, éberlués, des grands guerriers à la fourrure immaculée. Après un instant de stupéfaction, un premier garde s'affaisse devant les envoyés de sa déesse, bientôt imité par tous les autres.

— Continue, souffle le tekno à l'IA, ça fonctionne…

« *Le général Zord a été puni pour avoir osé maltraiter mes protégés ! Si vous ne voulez pas subir ma colère, vous aussi, vous feriez mieux de ne plus me contrarier !* »

La menace porte, à en juger par les expressions consternées des gardes. Certains ont carrément l'air apeurés. Ce qui n'empêche pas Shi-Ma de les surveiller, l'index sur la détente de son fusil, prête à tirer au moindre mouvement suspect. Marchant à ses côtés, Onésime n'arrête pas de ravaler sa salive. Kar-El se maîtrise mieux, mais la protek sait qu'il ne faut pas s'y fier. Tout comme elle, le tekno doit éprouver la peur de sa vie (ou peut-être à égalité avec l'épisode du crash de la navette !). Surtout, ne rien montrer…

« *Préparez des montures et des vivres en quantités suffisantes*, continue Celki avec plus d'assurance. *Mes serviteurs vont reprendre la route et vous les laisserez partir sans discuter, ou sinon…* »

Elle laisse la fin en suspens, afin de faire travailler l'imagination des Purs. Ceux-ci commencent à s'activer, conformément aux ordres de la « divinité ». Trois yacks sont vite sellés, les fontes chargées de provisions. Chaque humain s'installe sur l'animal de son choix, sans se hâter malgré leur furieuse envie de décamper.

« *Escortez-les jusqu'à la sortie et repoussez les curieux ! Je ne veux entendre aucune remarque, aucune question ! Exécution !* »

Quelques gardes émettent un grondement de désapprobation. Kar-El se retient de rabrouer l'IA. Quel genre de déesse s'adresserait sur ce ton à ses fidèles, quand bien même il s'agit de soldats ?

Néanmoins, ils obéissent. À l'aide de longues piques achevées par des crochets, tels les pétales d'une terrifiante fleur de métal, ils écartent la foule des guerriers amassés de chaque côté de l'allée que les yacks remontent au pas.

« *À l'avenir, évitez de provoquer ma colère !* tonitrue Celki, emportée par son élan. *N'oubliez pas qui je suis ! La Grande Mère en personne ! Tremblez tous devant moi !* »

— Boucle-la, bon sang, la supplie Kar-El. Tu en fais beaucoup trop. Ne les provoque pas...

Mais l'IA ne l'écoute plus, prise à son jeu de rôle. La garde des Purs se montre de plus en plus méfiante. Le tekno remarque avec angoisse que certains reluquent son bracekom d'un air soupçonneux. Et les portes du camp se rapprochent bien trop lentement. Au moins ont-elles déjà été entrouvertes. Mais il suffirait d'un rien pour que les soldats de faction devant elles ne les referment...

— Arrêtez-les ! s'écrie soudain une voix vibrante de rage, dans le dos des humains. Ne laissez pas les démons s'échapper !

Pas besoin de se retourner pour vérifier à qui elle appartient. Le général Zord est plus costaud que ne l'avaient supposé les fuyards, car il était censé rester inconscient plusieurs heures.

Kar-El enfonce le talon de ses bottes dans les flancs de son yack.

— C'est le moment de découvrir à quelle vitesse ces bestioles peuvent courir !

Onésime et Shi-Ma l'imitent dans l'instant. Les bœufs laineux s'élancent au galop d'autant plus facilement qu'ils portent des poids légers, pour une fois.

Droit devant, plusieurs guerriers surgissent pour tenter de leur barrer le chemin. Avec une grande maîtrise, Shi-Ma épaule son arme et tire. Trois courtes rafales fauchent autant de cibles. Les autres déguerpissent pour s'abriter derrière les tentes.

Kar-El franchit en tête la sortie. Les cornes de son yack éraflent au passage une des portes. Onésime, accroché au pommeau de sa selle, le suit de près, ballotté en tous sens. Shi-Ma ferme le cortège. Dotée d'un excellent sens de l'équilibre, elle pivote pour braquer le canon du chokeur sur les Purs lancés à leur poursuite.

Le biotik n'avait pas menti, constate-t-elle en étouffant un juron. Une horde d'ours blancs leur courent après, retombés sur leurs quatre pattes pour gagner en rapidité. Ils réduisent de seconde en seconde la distance qui les sépare, malgré la vive allure adoptée par les yacks.

La jeune femme refuse de paniquer. D'un tir parfait, elle envoie le plus proche guerrier bouler dans les hautes herbes. Les suivants ne se laissent hélas pas intimider comme les grizzlis et les kodiaks. Ils continuent de se rapprocher en montrant les dents. Shi-Ma reconnaît qu'ils offrent un spectacle fascinant, avec le harnachement de fer qui habille leur pelage blanc...

Mais ce n'est pas le moment d'être distraite. Elle ajuste son prochain tir, visant celui dont elle perçoit le souffle rauque tant il est proche, à présent.

— Voilà pour toi ! s'exclame-t-elle en pressant la détente.

Le chokeur ne crache aucun éclair. *Batterie à plat,* songe Shi-Ma alors que l'immense Pur se jette pattes en avant sur la croupe de son yack en poussant un rugissement capable de rivaliser avec le tonnerre.

Un temps, la scène semble se figer pour la protek. Fascinée, elle contemple la gueule grande ouverte du monstrueux ours blanc, son regard aussi insondable et noir que l'espace profond. Puis, plusieurs quintaux de muscles et d'acier bousculent le bovidé, qui pousse un beuglement affolé avant de s'écrouler. Anticipant le choc, Shi-Ma a sauté de selle en lâchant son fusil.

Elle se réceptionne en roulé-boulé dans l'herbe et se remet d'aplomb, les poings serrés, prête au combat, bien que consciente de la futilité de son geste. Comment pourrait-elle s'en tirer face à la demi-douzaine d'ursiniens de nouveau campés sur leurs pattes postérieures, qui la dominent de toute leur hauteur ?

— Shi-Ma ! entend-elle Onésime s'époumoner.

— Sacré nom de…, jure Kar-El dans la foulée.

Elle risque un regard en coin sur ses amis. Pourvu que ces idiots n'aient pas l'idée insensée de revenir à sa rescousse !

Le biotik hésite, tire sur les rênes de son yack, prêt à faire demi-tour. Mais le tekno attrape sa monture par la bride et l'entraîne de force dans sa course.

Shi-Ma sait qu'il a pris la bonne décision. N'empêche, elle sent son cœur rater quelques battements, pas seulement sous l'effet de la peur.

Pourvu que son sacrifice permette aux garçons de sauver leur peau ! Le sort de l'humanité est en jeu. Sa vie à elle compte peu, en comparaison...

Déterminée à en finir en beauté, elle apostrophe ses adversaires :

— Alors, mes gros nounours décolorés, vous allez vous décider à passer à l'attaque ? Montrez-moi que vous êtes aussi coriaces qu'on le prétend ! Qu'est-ce que vous attendez ?

Mais elle a beau les provoquer, les Purs semblent l'ignorer. Museaux levés en l'air, narines frémissantes, ils hument la brise soufflée de la forêt, à moins d'une centaine de mètres de la palissade du camp. Un vif échange s'ensuit, sous forme de grognements sans l'assistance de Celki pour assurer la traduction.

— Que se passe-t-il ? interroge la protek, soudain encore plus inquiète. Vous avez senti quoi ?

En réponse, une formidable clameur s'élève en lisière du sous-bois, qui paraît prendre vie. C'est comme si chaque fourré, chaque bosquet, chaque fougère avait décidé de donner de la voix avant de fondre sur la prairie !

16. LA BATAILLE DU VAL SANGLANT

Les guerriers Fer-Crocs ont répondu à l'appel d'Azaëlle. Arrivés des villages dispersés dans tout le territoire, ils ont marché des heures à travers la forêt, pressés de prouver leur valeur à l'Ours-Père, sans peur de rejoindre la couronne glacée de la Grande Mère, si telle était sa volonté.

En les entendant pousser leurs cris de guerre, juste avant de s'élancer à découvert, Grysard sent se hérisser ses poils de la tête aux pieds.

— Quelle folie ! s'épouvante le savant. Ils vont se faire massacrer !

— Cela reste encore à voir, renvoie Lorki. Parfois, l'attaque constitue la meilleure des défenses. Zord ne s'attendait sûrement pas à cette manœuvre audacieuse. Il pensait surprendre le clan, et c'est l'inverse qui se produit.

— Les Fer-Crocs sont dix fois moins. Quelle chance leur donnez-vous ?

Le diplomate préfère ne pas s'avancer à une estimation. Il sait que toute bataille ne connaît son vainqueur qu'une fois tombé le dernier soldat. Si le nombre est du côté des Purs et des combattants engagés à leur service, la légendaire férocité des Fer-Crocs ainsi que leur détermination à ne pas mourir de faim peuvent faire la différence…

Ou pas.

— Je n'en sais rien, avoue-t-il en soupirant. Mon expérience se limite à ce que j'ai lu dans de vieux traités de stratégie remontant à l'époque des premières conquêtes. Je n'ai jamais assisté à de véritables combats avant aujourd'hui !

Oggir et Gragg non plus, à en juger par leurs mines ébahies. Sans doute se réjouissent-ils de ne pas se trouver sur le champ de bataille en compagnie des autres soldats du général Zord. Perchés sur les hauteurs de la colline qui domine le vallon et le camp, ils observent l'attaque à bonne distance en compagnie du diplomate et du savant.

C'est aussi le point de vue choisi par Azaëlle pour diriger les opérations. La cheffe du clan envoie ses ordres à l'aide de fanions de différentes formes et couleurs agités par plusieurs assistants. Une méthode de communication efficace, constate Grysard. Les Fer-Crocs ne sont pas aussi primitifs qu'il le pensait jusque-là. Et, dans un premier temps, ils semblent même donner une leçon à leurs adversaires !

Une véritable marée de fourrure et de fer déferle sur la prairie, forçant à la retraite les Purs qui avaient effectué une sortie. Depuis les tours de guet, les sentinelles sonnent l'alerte. Très vite, des dizaines d'archers paraissent sur le tour de garde. Des volées de flèches s'abattent, touchant souvent leur cible, sans toutefois percer les casques ni les plaques de métal protégeant les organes sensibles. Beaucoup de pointes s'enfoncent dans un membre, une patte, ralentissant la course des combattants Fer-Crocs mais ne l'arrêtant pas.

L'avant-garde de cette vague d'assaut atteint le fossé creusé autour du camp. Ceux qui portaient sur leurs épaules de solides planches les jettent en travers de l'obstacle sous l'averse de flèches pour constituer des passerelles, franchies par leurs camarades nantis d'échelles. La plupart de ces dernières sont repoussées sitôt accolées à la palissade, mais certaines restent dressées assez longtemps pour permettre aux plus agiles d'atteindre le sommet, glaive ou hache à bout de patte.

Des duels s'engagent alors et plusieurs soldats de Zord basculent par-dessus bord. Sur le rempart, on se bat bientôt au corps à corps, à coups de griffes et de crocs, toutes mâchoires dehors. Les Purs ont en effet du mal à manier leurs piques à crochets et leurs tranchoirs dans un espace aussi réduit. Mais cela ne les empêche pas de causer de terribles dégâts dans les rangs des assaillants.

D'abord fasciné par la démonstration de courage des Fer-Crocs, Grysard commence à croire à leur possible victoire. Toutefois, ses espoirs sont vite déçus. Les portes du camp s'ouvrent à la volée alors que les trompettes sonnent la charge de la cavalerie. Grysard comprend que Zord a attendu le moment propice pour être sûr de surprendre le maximum d'assaillants au milieu de la prairie, avant qu'ils aient le temps de se réfugier dans la forêt.

La garde des Purs déboule à toute allure, juchée sur de redoutables taureaux de combat aux cornes doublées de pointes d'acier. À sa tête, le général Zord brandit sa longue épée à lame courbe, dont la garde se double d'une multitude d'épines effilées. Il faut lui reconnaître un certain panache, convient Grysard. Ou une totale absence de crainte du danger qui confine à la stupidité, car il risque à tout moment de se faire empaler sur une pique ou de recevoir un coup de griffes fatal !

Ce qui n'arrive pas. Au contraire, Zord frappe avec adresse et esquive sans difficulté. Son taureau – l'animal le plus gros et musclé que le savant n'ait jamais observé – éparpille les Fer-Crocs sur son passage en secouant sa tête casquée, comme s'il s'agissait de simples mannequins remplis de paille !

Entraînant sa garde dans son sillage, le général ouvre une brèche parmi les attaquants. Tout le creux du val résonne de cris, de grognements, du fracas des lames qui s'entrechoquent, des mugissements menaçants des taureaux de combat, des rugissements poussés par les adversaires pour conjurer la peur.

L'étourdissante cacophonie monte aux oreilles d'Azaëlle et ses aides, sans paraître émouvoir l'ancienne diplomate. Peu à peu, le sol de la prairie se gorge du sang des blessés et les hautes herbes se jonchent de corps inanimés…

— Arrêtez le massacre ! implore Grysard. Commandez le repli !

La vieille guide du clan rebelle secoue sa tête grisonnante.

— Zord a commis une erreur en s'exposant. Nous n'aurons pas d'autre chance de l'atteindre. Si nous l'abattons, le conflit prendra fin ici et maintenant.

Elle distribue ses ordres aux manipulateurs des drapeaux :

— Qu'Illya et ses guerriers entrent dans la mêlée ! Objectif : Zord !

Aussitôt les instructions transmises par signaux colorés, l'escouade commandée par le fils d'Azaëlle surgit de la forêt, où elle patientait en renfort. Moins grand que les autres combattants, Illya est aussi plus rapide. Il fonce droit sur le général, sans hésiter.

— Je ne le croyais pas si brave, remarque Lorki à l'intention de Grysard. Je me suis trompé dans mon jugement…

Le savant écoute à peine. Toute son attention se porte sur les événements du vallon. Illya arrive face à Zord. Grysard craint qu'il ne se fasse piétiner sous les sabots du taureau emballé. Mais le général brise net l'élan de sa monture, qui se cabre en moulinant des pattes avant à quelques pouces seulement de la figure du Fer-Croc !

— Incroyable, murmure le diplomate. Pourquoi Zord lui accorde-t-il cette grâce ?

Personne ne l'entend. Tous – Oggir, Gragg, Grysard, les assistants et bien sûr Azaëlle – scrutent la scène avec effarement. Ils voient Zord et Illya échanger quelques mots, noyés dans le vacarme ambiant. *Qu'ont-ils donc à se dire ?* s'interroge Lorki, de plus en plus soupçonneux. *Peut-être Illya somme-t-il le Pur de renoncer à sa guerre, voire de se rendre ? Non, bien sûr, cela n'aurait pas de sens…*

Les pourparlers ne s'éternisent pas, car Zord frappe soudain Illya d'un revers de son épée. La pointe trouve le défaut dans la cuirasse de l'ours commun et s'enfonce entre les côtes à la jointure du plastron…

— Non ! s'écrie Azaëlle. Pas ça !

Illya tombe alors à genoux devant le Pur, triomphant.

— La retraite ! supplie Lorki. Ne vous obstinez pas ou vous perdrez bien plus qu'un fils !

La guide se résout, la mort dans l'âme, à ordonner le repli. Les Fer-Crocs abandonnent la partie en emportant leurs blessés encore capables de suivre le mouvement. Zord et sa garde montée les laissent fuir sans chercher à les harceler. Depuis le camp, le reste de l'armée entonne un chant de victoire rythmé par les coups de patte cognés sur les armures. Le nom du général y revient à maintes reprises, à égalité avec celui de l'Ours-Père. *Voilà qui n'arrangera pas son manque de modestie,* songe le diplomate avec amertume, *si ses guerriers le comparent à une divinité !*

Quittant le poste d'observation, ils empruntent un sentier à travers bois pour rejoindre la troupe en déroute. Azaëlle pousse un cri entre peine et soulagement en découvrant Illya, la fourrure maculée de sang, entre les bras d'un grizzli.

— Est-il en vie ? demande-t-elle d'une voix sur le point de se briser.

— Pour le moment, répond le combattant. Mais il n'en a plus pour longtemps. La Grande Mère l'appelle. Bientôt, un nouveau diamant brillera à sa couronne.

— Ce sera un honneur pour lui et moi, lâche la cheffe de clan. Ramenons-le au village. Nous organiserons ses funérailles.

Grysard estime alors que le temps est venu de prendre congé des Fer-Crocs afin de poursuivre sa mission, plus vitale que jamais. Son statut n'est pas clair, entre invité et prisonnier, mais après cette défaite, Azaëlle ne le retiendra sûrement pas. Surtout s'il lui promet d'œuvrer en faveur de son clan au nom de Mahénielle, la seule Pure opposée à cette stupide guerre du saumon.

— Nous partons, annonce-t-il à la guide. Je suis désolé pour Illya.

— C'était la volonté de la Grande Mère, Mords-Lune. Nous n'aurions pas pu nous y opposer.

Le savant a un autre avis, mais il le garde pour lui, respectant les croyances d'Azaëlle.

— J'espère que le conflit ne s'envenimera pas, dit-il sans trop y croire.

— Il y aura des représailles. Zord n'en restera pas là. Mais il n'osera pas s'aventurer sur notre territoire. La forêt nous protégera.

— Pour combien de temps ?

Azaëlle part d'un rire sans joie avant de répondre :

— Seul l'Ours-Père le sait, Mords-Lune ! Adieu et bonne chance à toi.

Puis les Fer-Crocs s'en vont, moroses, de leur côté.

— Et maintenant ? demande Lorki en les voyant s'enfoncer dans le sous-bois.

— Nous avons toujours une mission à accomplir, lui rappelle le savant.

— J'admire votre opiniâtreté, maître Grysard ! Mais ne pensez-vous pas qu'il est trop tard ? Les hostilités sont déclenchées et les mystérieux sans-poils se sont évaporés dans la nature. Nous ferions mieux de regagner le palais des Purs afin d'annoncer notre échec à Mahénielle…

— Je refuse de renoncer !

Le diplomate s'autorise un sourire crispé.

— Au départ, vous n'étiez guère enchanté par cette expédition, rappelle-t-il.

— Je ne le suis toujours pas, mais j'ai vu de quoi Zord est capable. Alors, s'il existe une chance de l'arrêter, il faut la saisir. En route, Lorki !

— Puis-je au moins m'enquérir de notre destination ?

— La grande cité des Panses-Rondes, à une journée de marche dans cette direction, indique Grysard en pointant une griffe vers le sud-ouest.

— Vous espérez y découvrir les sans-poils ? Ce ne serait pas très malin de leur part de chercher refuge parmi des milliers d'ursiniens !

— Je ne les crois pas stupides, au contraire. Je veux réparer ma vapomobile avant de poursuivre. Je suis sûr de trouver le matériel nécessaire dans les magasins du clan.

Lorki opine et ils se mettent en marche, précédés par les combattants. Une centaine de pas plus loin, Oggir et Gragg se figent, humant l'air alentour.

— Danger, prévient le grizzli.

— Proche, précise le kodiak.

Ils sortent l'épée du fourreau sans cesser de renifler, de plus en plus inquiets.

— Yacks ! gronde le kodiak.

— Deux, grogne le grizzli.

Mais quelque chose d'autre les perturbe au point qu'ils s'empressent d'ajouter :

— Odeurs...

— Bizarres.

— Quoi ? s'impatiente Lorki. Qu'avez-vous senti ? L'assassin d'avant-hier ?

Les combattants affichent des moues reflétant leur ignorance.

— Non...

— Différent.

— Et si vous perdiez cette détestable habitude de vous exprimer mot par mot ? Vous n'êtes donc pas fichus de formuler des phrases complètes, par les crocs de l'Ours-Père ? Différent de quelle manière ?

Les compères s'accordent d'un regard avant de répondre :

— Pas...

— Ursinien !

17. DE NOUVELLES ET MYSTÉRIEUSES PROMESSES

La tension règne entre Kar-El et Onésime depuis leur fuite du camp à dos de yacks. Le biotik n'accepte pas le sort réservé à Shi-Ma. Il en veut au tekno, qu'il accuse d'avoir pris la mauvaise décision en l'empêchant de voler au secours de la protek.

— Il fallait faire demi-tour et tenter de l'arracher aux griffes de ces monstruosités !

— Ç'aurait été du suicide. Shi-Ma le savait.

— Comment tu peux en être certain ? Et te montrer aussi indifférent à son sort ?

— Je ne le suis pas, bon sang ! s'emporte Kar-El. Pour qui tu me prends ?

— Et toi, pour qui te prends-tu, exactement ? réplique Onésime sur le même ton. Qui t'a nommé chef de notre expédition, d'abord ? Pourquoi faudrait-il obéir à tes décisions ? Tu as vu où elles nous ont conduits ? On est perdus dans cette fichue forêt…

— Chut, tais-toi !

Les traits du biotik se crispent sous l'effet de la colère. Tirant sur les rênes, il immobilise sa monture.

— Arrête de me donner des ordres !

— J'ai entendu du bruit dans les fourrés…

Kar-El n'a pas le temps d'en dire davantage. Deux guerriers plantigrades au pelage brun surgissent du sous-bois. Ils s'emparent des brides de leurs yacks tout en jetant sur les humains des regards dégoûtés.

— Puants…, gronde l'un.

— Sans-poils ! crache l'autre.

Kar-El et Onésime croient leur dernier instant arrivé. Un coup de griffes ou de dents en plein cœur et ce sera la fin de l'histoire de l'Humanité !

Mais les ours géants se contentent de retenir les bœufs laineux jusqu'à l'arrivée de deux congénères de taille modeste. Ceux-ci sont vêtus d'habits de ville plutôt luxueux, bien que salis et fripés, ils ont l'air plus civilisés.

— Par les crocs de l'Ours-Père ! s'écrie l'un d'eux. On dirait que la chance nous sourit enfin !

— Je n'aurais pas dit mieux, Lorki, lance l'autre en étirant un large sourire au milieu d'une face sombre tachée de blanc.

S'inclinant devant les humains, il leur présente l'anneau serti d'une griffe de diamant porté à l'un de ses pouces.

— Si vous êtes des dieux, vous reconnaîtrez cet emblème…

— Et si nous n'en sommes pas ? demande Kar-El, qui reste tendu et méfiant. Que se passera-t-il ?

La traduction instantanée de Celki provoque le ravissement du petit ursidé.

— Quelle merveille ! Azaëlle avait raison, un vrai bracelet magique !

« *Je n'ai rien d'une fée ou d'une sorcière*, se vexe l'IA. *Mais je suppose qu'il serait trop compliqué de vous expliquer ce que je suis en réalité, vous ne comprendriez pas…* »

— Détrompez-vous ! Vous êtes une machine pensante, pas vrai ?

L'étonnement se peint sur les visages d'Onésime et Kar-El. Comment cet ours en apparence insignifiant a-t-il deviné la nature de Celki ?

— Vous êtes arrivés à bord d'une machine volante, enchaîne-t-il. Alors vous avez pu créer ce genre d'appareil intelligent…

« *Appareil ? Merci bien ! Intelligent, d'accord, mais…* »

— La ferme, coupe Kar-El, moins nerveux qu'intrigué à présent. Peut-on savoir qui vous êtes ?

— Grysard, savant ! se présente le petit ours avec fierté. En mission pour le compte de l'Altesse du Mont Pur, avec le diplomate Lorki.

Ce dernier salue d'un geste de la patte. À travers l'échancrure de sa tunique, on distingue un trait courbé de poils blancs sur sa fourrure foncée.

— Ours à collier, murmure Onésime. Originaire d'Asie, à l'origine. Le savant, lui, est un ours à lunettes. On ne les trouvait que sur le continent sud-américain avant le Cataclysme. Mais ils vivent tous au même endroit, maintenant…

— J'ai remarqué, merci, l'interrompt le tekno avant de s'adresser directement au savant : sommes-nous vos prisonniers, Grysard ? Votre mission consistait-elle à nous capturer ?

— C'est plus compliqué que ça, je le crains !

Les explications données par Grysard aux humains améliorent leur compréhension des règles du monde des ursiniens – mais pas énormément !

— Les Purs comme Zord ou Mahénielle sont vos souverains, tente de résumer Kar-El. Ils dominent les clans et imposent leur loi.

— Jusqu'à un certain point, corrige Lorki. Tant que rien ne s'oppose aux intérêts des Purs, chaque clan peut suivre ses propres règles. À condition bien sûr de payer le tribut.

— Mais ils possèdent l'armée la plus puissante, relève Onésime. Nous avons pu le constater de près…

— Chaque clan leur fournit des combattants, confirme Grysard. L'Ours-Père décide qui naîtra plus fort, plus grand, et portera les armes.

— Grizzlis et kodiaks sont comme nos proteks, remarque le biotik avec un coup d'œil en biais sur Oggir et Gragg. Comme Shi-Ma…

— On ne la reverra jamais, ajoute-t-il à voix basse avec un soupir.

— Et les savants, Grysard ? demande Kar-El, préférant changer de sujet. Êtes-vous aussi nombreux que les guerriers ?

— Oh non, loin de là ! Mon clan, les Mords-Lune, est le seul à ne pas nous considérer comme des sorciers. Nous pouvons y poursuivre nos recherches en toute tranquillité, la Grande Mère soit louée !

Cela ouvre au tekno de nouvelles perspectives.

— Vous devez disposer de matériel, dit-il, ou de produits chimiques. Peut-être êtes-vous capable de produire de l'énergie ? De l'électricité ?

— Je ne connais pas le sens de ce mot, déplore Grysard. Je devine qu'il est lié à votre arme lanceuse d'éclairs, mais je ne suis pas capable de ce genre de prodige. Je sais faire fonctionner une vapomobile…

Kar-El tente de dissimuler sa déception tandis que Celki se mêle de la conversation : « *Il existe des ateliers où l'on fabrique des machines à vapeur quelque part dans votre monde ?* »

— Chez les Panses-Rondes, oui. Je m'y rendais justement pour récupérer de quoi réparer la chaudière de ma voiture.

« *Voilà l'occasion d'améliorer les performances du bracekom, Kar-El !* s'enthousiasme l'IA. *Là-bas nous trouverons ce qu'il faut pour construire une antenne et accroître la puissance de l'émetteur, j'en mettrais mes lignes de code à couper !* »

Le tekno ignore jusqu'à quel point il peut accorder sa confiance aux petits ours et à leurs guerriers, mais il doit les convaincre de l'importance d'atteindre cet atelier. Pour ça, rien de tel que la vérité, ou du moins une partie…

— Nous n'avons rien de divin ni de démoniaque. Nous appartenons à l'espèce qui dominait cette Terre avant la vôtre : les humains. Et nous ne sommes pas les seuls, loin de là ! Des centaines de milliers d'autres attendent dans le ciel que nous leur apportions des nouvelles. Mais nous allons avoir besoin de votre aide pour leur en envoyer.

— Pourquoi ferions-nous une chose pareille ? demande Lorki. Où serait notre intérêt ?

— Vous voulez mettre fin à la guerre. Nous en avons le pouvoir.

— Avec vos arbalètes lance-éclairs ? Il en faudrait vraiment beaucoup !

— Nous en possédons en nombre suffisant, mais je pensais à une arme plus efficace. Vous n'avez sûrement jamais entendu parler de rayons laser...

Les yeux de Grysard s'éclairent à cette expression nouvelle, pleine de mystérieuses promesses.

— Tu es sûr de ce que tu fais ? intervient Onésime. Tu crois qu'il est prudent de leur révéler tous nos secrets ?

Kar-El demande à Celki de suspendre la traduction avant de répondre :

— Juste ce que je connais des possibilités techniques de la Nef. Ce n'est pas un vaisseau militaire, mais son faisceau de communication laser peut servir d'arme à très longue distance, une fois concentré et dirigé avec précision.

Le biotik finit par acquiescer avec quelque réticence.

— Ça devrait faire pencher la balance du côté des Fer-Crocs, admet-il. Et après ?

— On s'en tient au plan initial : envoi d'une nouvelle navette et reprise de l'exploration jusqu'à trouver l'endroit idéal où installer la colonie.

— Tu as vite oublié Shi-Ma, à ce que je constate !

La voix d'Onésime vibre de colère. Kar-El ne peut pas vraiment lui en vouloir. Lui aussi aurait préféré que leur camarade se trouve toujours à leurs côtés. Lui aussi s'inquiète pour elle, même s'il préfère ne pas le montrer. Lui aussi, enfin, éprouve à son égard un sentiment plus vif que l'amitié. Pour autant, pas question de compromettre leur mission sous le coup de l'émotion !

— Non, je ne l'oublie pas. Comment le pourrais-je ? Mais la survie de notre espèce passe en priorité. Et de nous trois, c'est elle la plus apte à s'en tirer seule en territoire hostile.

— Tu crois que je n'en serais pas capable ? Depuis le début tu me considères comme un boulet !

Kar-El se retient de soupirer. L'énervement le gagne. Il réplique un peu sèchement :

— Chacun sa spécialité. La tienne n'est pas très adaptée aux circonstances…

— Très bien. Puisque tu peux te passer de mes compétences, alors bonne chance ! Moi, je pars à la recherche de Shi-Ma !

D'un vigoureux coup de talon, Onésime emballe sa monture. Le yack s'élance au galop avant que le grizzli et le kodiak aient pu l'en empêcher. Kar-El doit résister à la tentation de se lancer à sa poursuite.

— Onésime ! s'écrie-t-il. Ne fais pas l'idiot... Reviens !

Mais le biotik disparaît au détour du sentier. Le tekno jure à voix basse avant de se tourner vers Lorki et Grysard, médusés, et de leur assurer :

— On ne change rien à ce qui est décidé... Traduis-leur, Celki. Plus tôt on boostera les capacités du bracekom, meilleures seront nos chances de sauver cet imbécile d'une mort certaine !

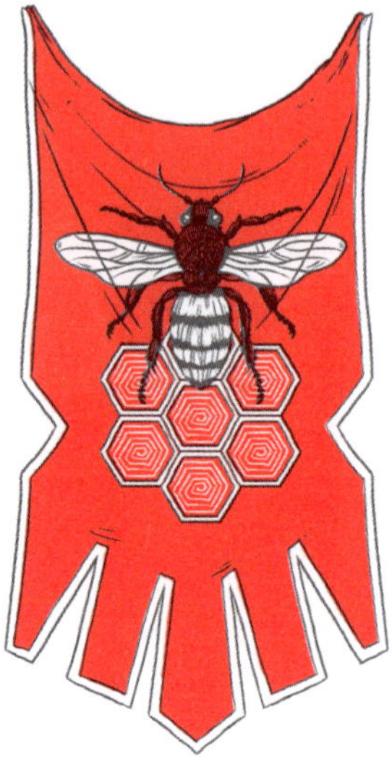

18. DÉLUGE DE FEU

Une brusque détonation tire Shi-Ma du néant où elle avait sombré. Autour d'elle règne la plus parfaite obscurité.

Que s'est-il donc passé ? Elle conserve en mémoire l'image d'un poing énorme, ganté d'acier, qui lui saute au visage, et puis…

Plus rien. Le KO total.

De nouvelles explosions retentissent. Toute une série, très rapprochées. Un peu comme…

Des tirs de fusée !

Le souvenir du crash de la navette s'impose à l'esprit de la protek. Elle tente de se lever mais quelque chose la retient, comme deux mains solides nouées autour de son cou.

Un collier ! Relié à une solide chaîne dont la protek explore les maillons du bout des doigts, jusqu'à l'anneau scellé dans une paroi…

Une porte s'ouvre à la volée sur le général Zord, débarrassé de son armure. À la place, il a revêtu une toge. Mais impossible de ne pas reconnaître le colosse à la fourrure immaculée. Il attrape la chaîne et la brise sans effort avant de s'en servir comme laisse pour traîner sa prisonnière derrière lui.

Humiliée et furieuse, Shi-Ma est incapable de résister à tant de force brute. Elle se met à trottiner pour éviter la chute, tout en jetant des coups d'œil intrigués autour d'elle. Ils ont quitté le camp du vallon où a eu lieu l'attaque, aucun doute à ce sujet. Ici, plus question de tentes ni de palissades ou de tours de guet, mais d'interminables galeries taillées à même le roc, éclairées par des torches.

S'agit-il du repaire de Zord ? s'interroge la protek. Elle n'a pas besoin d'Onésime pour lui rappeler qu'à l'origine certains ours vivaient dans des cavernes plus rudimentaires que cet abri !

Des détails attirent son attention. Au sol, par endroits, courent des longueurs d'acier terni, dévorées par la rouille. Des rails ? Et là, renversé dans un coin, n'est-ce pas un wagonnet en cours de pourrissement ? Et ici, sous cette couche de poussière, une foreuse électrique ?

Alors, Shi-Ma comprend. Elle se trouve dans une ancienne mine. Mais pas exploitée par les ursiniens, car le gabarit des outils ne leur correspond pas. Zord a-t-il conscience que cet endroit appartenait jadis à la précédente espèce dominante de la planète ? Quoi qu'il en soit, il paraît s'en moquer complètement ! Il avance sans accorder le moindre regard aux rares vestiges d'activité humaine.

Bientôt, ils débouchent dans une salle assez vaste pour contenir des centaines de tonnelets empilés, entre lesquels vont et viennent des dizaines de guerriers. Tous se figent à l'entrée du général. La plupart ont les bras chargés de fusées sommaires, profilées comme des missiles mais en matière végétale au lieu de métal.

Un flot de grognements s'échappe de la gueule du gigantesque Pur. Ses soldats se remettent aussitôt à l'ouvrage. Ils chargent de poudre noire l'embout de leurs projectiles avant de les déposer, mèches allumées, sur des rampes de lancement constituées de bambous coupés dans le sens de la longueur. Celles-ci s'étirent vers une large ouverture dans la roche, permettant d'admirer le panorama forestier en contrebas, à plusieurs kilomètres de distance, soumis à un bombardement intense. Les tirs se succèdent à un rythme soutenu de cinq ou six fusées lancées dans le même temps. Plusieurs foyers d'incendie se sont déclenchés au hasard de la sylve ciblée – *Le territoire des Fer-Crocs*, devine Shi-Ma, estomaquée.

Zord l'éloigne du vacarme sans cesser de gronder, sur un ton moins impératif. La protek réalise qu'il ne distribue plus d'ordres et qu'il s'adresse à elle, peut-être pour lui expliquer ce qu'elle a sous les yeux.

— Tu t'égosilles en vain, gros nounours… Je n'ai plus d'IA pour assurer la traduction… Mais je crois que j'ai pigé le topo : c'est toi qui as abattu notre navette en plein vol, pas vrai ?

Elle sait que ses paroles sonnent comme du charabia aux oreilles du général. Seulement, parfois, il n'y a pas besoin de mots pour se comprendre.

Zord émet un profond grondement en signe d'acquiescement. Shi-Ma réfléchit à toute allure. Certaines évidences commencent à lui apparaître.

— Tu es plus intelligent qu'on pourrait le croire à première vue, pas rien qu'une brute épaisse… Tu as associé la navette à notre espèce… Je ne sais pas comment, mais tu connaissais l'existence des humains…

Le général l'écoute avec attention et, semble-t-il, amusement. Mais sourit-il ou menace-t-il de la dévorer en lui montrant ainsi les crocs ?

Tandis que Shi-Ma parle, il tire sur sa chaîne et raccourcit la distance entre eux. La jeune femme se retrouve nez à truffe avec l'énorme ursinien penché sur elle.

— Tu as mauvaise haleine, tente-t-elle de plaisanter.

Mais elle sent monter en elle une peur très ancienne, reçue en héritage de ses ancêtres qui parcouraient la Terre livrée aux bêtes sauvages et luttaient avec elles pour survivre.

— Si tu veux me tuer, ajoute-t-elle en s'en voulant de trembler, souffle-moi ta puanteur en pleine face... ça devrait marcher !

S'il avait voulu l'éliminer, Shi-Ma se doute qu'il n'aurait pas attendu si longtemps. Zord cherche à l'impressionner – il y parvient aisément ! – tout en la préservant. La seule explication logique vient à l'esprit de la protek avec un temps de retard :

— Tu me gardes en otage... Juste au cas où tu aurais besoin de négocier avec mes semblables... Ouais, pas de doute, tu es vraiment futé, général !

L'œil de Zord brille d'une lueur malicieuse. Il redonne enfin du mou à la chaîne, sans pour autant la lâcher. Puis il emprunte une nouvelle galerie à grandes enjambées, forçant la jeune femme à courir.

Avant de quitter la salle de lancement des fusées, Shi-Ma a tout juste le temps de remarquer un dernier détail : chacun des tonnelets de poudre porte la même marque, une empreinte...

Le ciel semble s'embraser alors que le tonnerre se met à gronder. Mais aucun orage ne se déclenche, aucune pluie ne commence à tomber. Onésime immobilise son yack et relève le nez pour scruter l'épaisseur de la canopée, tandis que de longs sifflements se mêlent aux explosions qui secouent le sous-bois.

Les entrailles du biotik se nouent quand il comprend qu'il se trouve au milieu d'un bombardement. Qu'est-ce qui lui a pris de fuir Kar-El et la relative sécurité offerte par ses nouveaux compagnons ?

Il est trop tard pour regretter son coup de sang. Non seulement Onésime n'a aucune idée de l'endroit où son yack a fini par s'égarer, tant tout se ressemble dans cette fichue forêt, mais voilà qu'en plus un dangereux cinglé a décidé de la détruire !

Des colonnes de fumée s'entortillent là où le feu a pris. S'il ne veut pas se faire piéger par les incendies, le biotik a intérêt à se dégager au plus vite de la zone de tir. Seulement sa monture, affolée par les détonations, renâcle et s'agite, secouant son encolure, si bien que les rênes échappent au contrôle du garçon, soudain jeté à terre.

— Aïe ! se plaint-il en heurtant de grosses racines. Attends-moi, bovidé stupide !

Mais le yack, libéré de toute emprise, fonce droit à travers les fourrés, trop rapide pour être rattrapé…

Paniqué, le biotik se redresse en s'aidant des basses branches qu'il parvient à agripper. Une vive douleur au niveau de la cheville lui arrache une plainte. Il ne lui manquait plus qu'une foulure pour compléter le désastre…

Songeant à Shi-Ma, jamais prête à renoncer au combat, Onésime se ressaisit. Il brise une branche assez solide et l'utilise comme béquille pour se mettre à boitiller, serrant les dents, sur les traces du bœuf laineux, espérant que l'instinct de l'animal le conduira vers la sécurité.

Chaque pas est une torture. Les larmes lui montent bientôt aux yeux. L'odeur de brûlé gagne en intensité de minute en minute, tout comme la chaleur… Onésime ne tarde pas à tellement transpirer qu'il a l'impression de s'assécher sur place. Autour de lui, les fûts des grands pins commencent à s'embraser. L'écorce qui les protège se fend en craquant, leur sève cuit et grésille en dégageant un enivrant fumet…

Tout est perdu pour lui, il va mourir ici, asphyxié puis réduit en cendres, sur une Terre inhospitalière aux humains…

— Pardon, Kar-El, pardon, Shi-Ma, j'espère que vous aurez plus de chance que moi ! lance-t-il avec tout ce qu'il lui reste d'énergie.

Un cri rauque lui répond, en provenance d'un bouquet de fougères d'où s'extirpent les silhouettes de plusieurs grizzlis bardés de fer.

Onésime en vient presque à souhaiter qu'ils l'achèvent au plus vite, quand il remarque le corps inanimé transporté par un des nouveaux venus entre ses bras musclés.

— Il… Illya ? balbutie-t-il avant de s'effondrer.

19. UNE COLLABORATION INÉDITE

Les lumières de la grande cité Panse-Ronde sont visibles d'assez loin depuis la plaine. Elles brillent par milliers tout au long de la berge du fleuve qui coupe en deux le territoire du clan.

— Comment s'appelle-t-elle ? demande Kar-El.

— Quelle drôle d'idée ! rétorque Grysard. Pourquoi donner un nom à des bâtiments ?

— Pour savoir de quel endroit on parle, bien sûr ! Vous vivez bien quelque part ?

— Dans ma tour de la cité Mords-Lune. C'est tout ce que j'ai besoin de connaître.

— Et les autres villes ou villages ? Comment les différenciez-vous ?

— En précisant de quel habitant je parle. Par exemple, mon ami Rygel des Mords-Lune. Tout le monde sait où il vit ! Tout comme celui que nous allons rencontrer : Bélisaire des Panses-Rondes. Impossible de se tromper. Ce n'est pas compliqué !

La logique du raisonnement arrache un sourire au tekno. Dans un monde qui ne compte pas plus de quelques dizaines de milliers d'ursiniens, un système aussi simple peut fonctionner. Mais que se passera-t-il quand (enfin, surtout *si* !) plusieurs centaines de milliers d'humains y débarquaient soudain ?

Kar-El préfère ne pas y songer. La cohabitation entre deux espèces dominantes risque de produire des étincelles ! Mais il sera toujours temps d'aviser une fois le contact rétabli avec la Nef et l'alter ego de Celki. Et pour que cela arrive, encore faudra-t-il convaincre ce Bélisaire des Panses-Rondes d'accéder à la requête de ses visiteurs…

— Gardez la tête baissée et ne relevez pas votre capuchon, conseille Lorki au tekno tandis qu'ils pénètrent dans les faubourgs. Vous risquez sinon d'effrayer les passants.

Malgré l'heure avancée, les rues restent très animées, encombrées d'ursiniens de tailles variées et mieux habillés que tous ceux rencontrés jusqu'ici par Kar-El. Autour de lui s'élèvent des édifices de briques et de pierres, jusqu'à une hauteur de trois étages. Les dimensions des habitations sont impressionnantes. Du linge sèche aux fenêtres comme autant de fanions agités par la brise soufflée du fleuve, chargée de senteurs marines. Des guirlandes de lanternes rejoignent les façades, dissipant l'obscurité venue avec la nuit.

Pour un peu, songe le tekno avec nostalgie, *on se croirait dix mille ans plus tôt, avant le Cataclysme.* Enfant, il a vécu dans des endroits comme celui-ci. Mais les tempêtes de sable et la chaleur extrême ont fini par les effacer de la surface de la Terre, et leurs rares survivants par s'envoler à bord de la Nef…

Une musique entraînante le ramène au présent. Elle s'échappe d'établissements où les Panses-Rondes se réunissent pour déguster un délicieux hydromel (« *une boisson fermentée à base de miel* », indique Celki, toujours à l'affût d'une occasion de se manifester) à en croire les explications données par Lorki. Et à en juger par les airs alléchés d'Oggir et Gragg, ceux-ci adoreraient vider quelques pintes du breuvage !

Mais il n'en est évidemment pas question. Chacun suit les pas de Grysard, ou plutôt ceux du yack qu'il monte avec Kar-El. Ce dernier a revêtu la tunique du diplomate, assez ample pour lui faire une pèlerine dont le haut col dissimule la tête entière, comme une capuche. Le petit ours à collier marche à leurs côtés et les deux combattants encadrent ce cortège, tous les sens aux aguets.

La foule inquiète le kodiak et le grizzli. Leurs naseaux frémissants tentent de capter l'odeur d'un danger sans se laisser distraire par les fumets de nourriture. De l'aveu du savant, on a déjà tenté d'interrompre leur périple de façon définitive. Et il n'est pas exclu qu'un nouvel attentat survienne. Une raison de plus pour angoisser Kar-El, comme s'il en manquait depuis qu'il a perdu Shi-Ma et Onésime !

— Arrivons-nous bientôt, maître Grysard ? s'impatiente Lorki au bout d'un moment.

Il me semble que nous sommes déjà passés par ici et que nous tournons en rond.

— Je ne suis venu qu'une fois, il y a pas mal de saisons, pour prendre livraison des pièces de ma vapomobile, se justifie le savant. La cité avait un visage différent.

— En clair, nous sommes perdus, soupire le diplomate.

— Bélisaire est réputé. N'importe qui pourra nous indiquer son atelier.

— Je préférerais éviter qu'on se fasse trop remarquer. Ne pourriez-vous faire un effort de mémoire ?

— C'était près du fleuve, je me souviens d'une odeur de vase et de poisson frais…

Les estomacs d'Oggir et Gragg émettent des borborygmes à cette évocation. Personne ne relève, même si la faim tenaille chacun des voyageurs.

— Alors, approchons-nous des quais, propose Lorki. Ouvrez l'œil et le bon !

— Voilà son enseigne ! s'écrie le savant après un temps d'errance parmi les magasins et entrepôts qui s'alignent devant la jetée, où s'amarrent une profusion d'embarcations, toutes voiles pliées.

Le panneau de bois peint accroché au-dessus d'un vaste portail représente une paire de pinces et un marteau, entrecroisés dans une silhouette d'ours prospère, la bedaine gonflée.

Ce qui n'a rien d'une publicité mensongère, constate Kar-El quand le propriétaire se présente en ronchonnant, tiré du sommeil par les coups frappés par les combattants. La pénurie de saumon n'affecte pas la cité des Panses-Rondes, car Bélisaire remplit complètement son ample chemise de nuit !

Méfiant à la vue d'Oggir et Gragg, il se fend d'un sourire forcé en découvrant Grysard juché sur sa monture.

— Bonsoir, Mords-Lune. Que fais-tu là ?

Le savant expose sa requête en mentionnant bien le nom de Mahénielle afin de couper court à toute protestation. La griffe de la Pure achève de convaincre Bélisaire.

— De quoi as-tu besoin ? demande le commerçant en se frottant les pattes à l'idée de réaliser une affaire.

Grysard répète la liste de matériaux établie en cours de route par Celki, y ajoutant de quoi réparer la chaudière de sa vapomobile.

— Il me faudra utiliser ton atelier et tes outils, ajoute-t-il à l'évidente satisfaction du marchand.

— Tout ce que tu voudras ! Et que me proposes-tu en échange ?

— J'ai pensé que cet animal suffirait, répond Grysard en désignant le bœuf laineux.

Le marchand grogne :

— Ce yack miteux ne vaut pas ce que tu exiges ! En revanche, *ceci* me contentera.

L'œil affûté de Bélisaire s'est arrêté sur l'anneau au diamant passé au pouce du savant.

— Impossible ! Je ne puis céder l'emblème de Son Altesse…

— Bien sûr que si, assure alors Lorki. Nous n'avons rien d'autre à troquer. Et la réussite de notre mission vaut largement ce sacrifice !

L'atelier de Bélisaire sent la graisse et la limaille de fer, la cendre de charbon ainsi que l'humidité montée du fleuve. De grossières mécaniques en cours de construction occupent tout l'espace disponible, pourtant considérable. Elles évoquent à Kar-El des versions miniatures et plus que primitives du moteur à fusion nucléaire qui propulse la Nef parmi les étoiles. Ou alors des chaudrons hérissés de tuyaux et boursouflés de rivets, question de point de vue !

« *Incroyable collection de machines à vapeur*, s'extasie Celki une fois leur propriétaire reparti sur sa couche. *Nous ne devrions pas avoir de mal à en adapter une pour qu'elle produise assez d'énergie, en la couplant à des aimants et une bobine de fil métallique*... »

Grysard écoute avec application les instructions de l'IA, heureux d'apprendre de quelle façon produire de l'électricité. Puis, à la lueur de plusieurs lanternes, le petit savant se met à l'ouvrage. Oggir et Gragg l'aident lorsqu'il s'agit de manipuler des pièces trop lourdes. De leur côté, Lorki et Kar-El se chargent de maintenir le feu dans le fourneau de la forge et d'assurer les soudures indispensables, sous la supervision du tekno.

Cette collaboration entre un humain, une « machine pensante » et quatre ours est une grande première dans l'histoire des espèces intelligentes, songe Kar-El. En cas de réussite, elle en annonce d'autres dans l'avenir. Qui sait ce qu'ils seront capables de réaliser, tous réunis – à condition, bien sûr, de parvenir à s'entendre ? Mais inutile d'aller trop vite en besogne. Pour un Grysard ou un Lorki, combien d'ursiniens se comportent comme Zord ?

Après quelques heures d'efforts partagés, Celki s'annonce satisfaite.

« *Occupons-nous à présent de l'antenne destinée à amplifier le signal du bracekom. Maître Grysard, je vais vous indiquer le plan à suivre…* »

Le jour se lève sur la cité des Panses-Rondes lorsque tout est enfin terminé.

— On dirait un entonnoir géant, remarque Lorki entre deux bâillements.

« *Pour une bonne raison,* précise l'IA. *Cette antenne fonctionne de la même façon, en concentrant les ondes émises, plutôt qu'un liquide, en un faisceau réduit qui…* »

— Laisse tomber la leçon, commande Kar-El. Connectons tous les appareils et contactons la Nef avant le réveil des Panses-Rondes. Je n'ai pas envie que l'apparition d'une navette provoque un mouvement de panique !

Le tekno procède aux branchements tandis qu'Oggir et Gragg transportent l'entonnoir-antenne sur le ponton, devant le portail de l'atelier, où ils l'orientent dans la direction souhaitée par Celki. Puis, à l'intérieur du bâtiment, Grysard démarre la machine qui actionne aimants et bobine, insufflant au bracekom un regain d'énergie.

— Ça marche ! se réjouit Kar-El en voyant clignoter le signal de charge maximale.

Malgré l'épuisement et la faim, il se sent tout excité à l'idée de bientôt renouer avec le vaisseau spatial qui patiente en orbite stationnaire, trente-six mille kilomètres au-dessus de leurs têtes. Surtout, il espère que l'envoi des secours lui permettra de voler sans délai à la recherche d'Onésime et Shi-Ma.

— J'appelle la Nef, ici Kar-El, tekno de première classe… J'appelle la Nef… Bon sang, fichue IA, est-ce que tu me reçois ?

« *Pas la peine de se montrer grossier*, relève Celki. *Mon autre moi pourrait mal le prendre.* »

Un crachotement s'élève alors du bracekom, haché par l'écho d'une voix très lointaine : « *…coute… ar-El ?... en vie ?...* »

Le tekno ne peut s'empêcher de lâcher un cri de joie. Autour de lui, Lorki et Grysard poussent des grognements ravis, fiers de l'exploit accompli.

— Repère d'où part le signal et expédie-moi illico une navette ! ordonne Kar-El. Tu as compris ?

Mais la Celki de la Nef se tait d'un coup. Dehors, des ferraillements résonnent, entrecoupés de grondements menaçants. Le tekno se précipite jusqu'au ponton pour découvrir Oggir et Gragg, épée en patte, dans une fâcheuse position.

Face à eux se dresse un guerrier à la fourrure sombre, nanti d'une énorme hache à deux lames. Peu à peu, il repousse les compères, jusqu'à ce qu'ils basculent dans les flots avec un PLOUF retentissant. Puis l'assaillant se retourne et, avant que Kar-El ait pu faire quoi que ce soit, fracasse l'antenne en quelques coups de pied.

— Non ! s'écrie le tekno, terrassé à l'idée que tous leurs efforts soient si facilement anéantis.

Et comme une mauvaise nouvelle n'arrive jamais seule, le guerrier s'avance vers lui en déclarant :

— Apprête-toi à rejoindre la couronne glacée que tu n'aurais jamais dû quitter, démon !

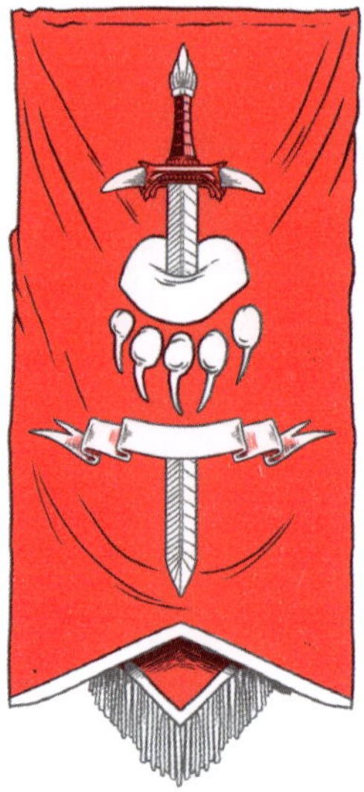

20. RÉSURRECTION ET ASCENSION

— Où… Où suis-je ? demande Onésime en se réveillant.

Il se souvient d'un rêve horrible : la forêt brûlait autour de lui avec la chaleur et la fumée ; il était perdu, sans ses amis (enfin, surtout Shi-Ma !), quelque part sur une Terre hostile…

Des grognements répondent à sa question. Ceux d'Azaëlle, juchée en croupe d'un yack, tirant le traîneau où gisent le biotik et Illya, inconscient, peut-être mort déjà.

Tout revient à Onésime des circonstances qui l'ont amené jusque-là. Ce n'était pas un cauchemar. Quelqu'un a bien tiré des fusées sur la forêt !

Un long cortège d'ursiniens en exil s'étire autour de lui, au milieu d'une plaine caressée par le vent. Les adultes portent les plus jeunes. Aucun n'a eu le temps d'emporter de bagage. Il a fallu fuir au plus vite l'incendie qui continue de ravager les terres du clan. D'épaisses colonnes de fumée obstruent le ciel, au loin, témoignant de la fureur du feu déclenché par l'explosion des fusées…

— Je suis désolé pour vous, murmure le biotik, même s'il sait que la vieille guide ne peut pas le comprendre.

Il reporte son attention sur Illya. Celui-ci se trouve en très piteux état. Mais sa poitrine se soulève un peu de temps en temps. Il est en vie, mais pour combien d'heures encore ?

C'est alors qu'Onésime remarque ce qui pend attaché au pommeau de la selle. Il saute du traîneau et grimace quand sa cheville foulée lui adresse un douloureux message. Rassemblant son courage, il s'accroche à la queue du bœuf laineux et claudique jusqu'à attraper le petit sac.

Azaëlle fronce les sourcils en le voyant manipuler la médikaide.

— Tout ira bien, ne vous inquiétez pas, la rassure-t-il. Ce n'est pas une arme, au contraire !

Il prélève une première capsule gorgée de nanoréparateurs et l'applique sur son pied enflé. Les milliers de robots invisibles à l'œil nu entrent aussitôt en action. Sitôt détectée la cause du traumatisme, ils entreprennent de l'éliminer. Quelques secondes suffisent pour dégonfler les chairs et permettre aux muscles de fonctionner.

Onésime pousse un soupir de soulagement avant de prélever l'ensemble des autres capsules, puis de les appliquer un peu au hasard sur la fourrure d'Illya.

— J'espère que le programme de réparation connaît l'anatomie des ursidés ! lâche-t-il avec un sourire forcé.

Il retient son souffle un moment. À part le bruit du vent, qui charrie des relents de brûlé, on ne perçoit rien que le frottement des pattes du yack et celui du traîneau contre les hautes herbes…

Jusqu'à ce que le fils d'Azaëlle entrouvre la bouche et pousse un geignement.

— Hourrah ! s'écrie Onésime. Bienvenue parmi les vivants !

La lueur de l'incendie se confond avec celle du soleil levant, qui se répand au pied des montagnes. Shi-Ma ne peut s'empêcher de trouver une certaine beauté à ce spectacle infernal. La muraille de flammes se déplace en dévorant tout sur son passage, poussée par le vent. *Si Zord avait voulu effacer toute trace de ses ennemis, il ne s'y serait pas pris autrement,* songe la protek en frissonnant…

Avec l'altitude, le froid se fait mordant. Depuis le temps qu'ils grimpent sur ce sentier tout en lacets, à dos de yack et de taureau, le général et sa garde de Purs ont déjà franchi plusieurs cols. Enchaînée dans le dos de Zord, Shi-Ma essaie de deviner leur destination parmi les pics droit devant.

Au sommet du plus élevé, encroûté de neige et de glace, la jeune femme croit discerner les éléments d'une structure trop régulière pour être naturelle. Mais entre la distance et l'éclat des rayons du soleil, difficile d'en être certaine…

En tout cas, s'il s'agit d'une construction ursinienne, elle rivalise sans peine avec tout ce que la protek a découvert jusqu'à présent !

À l'approche de la nuit, les Fer-Crocs organisent un bivouac dans la prairie. Les guerriers montent une garde attentive tandis que les autres tentent de trouver le sommeil. Personne n'ose allumer de feu pour une raison bien compréhensible. L'incendie de la forêt hante tous les esprits. De plus, les flammes pourraient faire repérer les fuyards par l'ennemi, si d'aventure celui-ci les poursuivait.

Illya a vite repris du poil de la bête, dopé par l'armada de nanobots qui circulent dans ses veines. La blessure infligée par l'épée du général Zord cicatrise quasiment à vue d'œil. Les dégâts causés à ses organes se réparent d'heure en heure. Mais ceux qui ont meurtri sa fierté ne sont pas près de guérir. Il éprouve tant de honte pour sa stupidité qu'il regrette d'avoir été sauvé par la magie du sans-poils à peau sombre…

— Pardonne-moi, mère, implore-t-il Azaëlle. J'ai trahi les Fer-Crocs. Par ma faute, le clan est obligé de fuir la forêt… Ou ce qu'il en reste…

— Tu as été naïf de croire Zord. Qu'est-ce qu'il t'a promis ?

— De m'emmener avec lui dans le palais des Purs, pour y vivre tranquille.

— Mais il a préféré s'assurer de ton silence.

— Je mérite une sanction !

— Tu as déjà été puni. La Grande Mère n'a pas voulu t'accueillir. Elle t'a renvoyé parmi nous afin que tu puisses te racheter. Le sans-poils a été l'objet de sa volonté.

Azaëlle adresse un regard à Onésime, assis près d'elle. L'humain essaie de suivre la conversation, mais sans le bracelet magique de son compagnon, qu'en saisit-il vraiment ? Comprend-il à quel point elle lui est reconnaissante pour son action ?

Sans doute que oui, car on n'a pas toujours besoin de mots pour partager des émotions !

Yacks et taureaux grimpent en convoi le sentier taillé sur le flanc du plus grand pic, sous l'œil brillant d'une lune pleine, auprès de laquelle scintille une étoile nouvelle depuis l'arrivée de la Nef.

Le nez au ciel, Shi-Ma enrage de savoir le vaisseau si proche et pourtant inaccessible. Là-haut, les derniers des humains attendent en vain le réveil. Avec l'échec de la mission d'exploration, ils resteront des siècles figés en orbite, jusqu'à l'inévitable panne des machines qui alimentent leurs caissons en énergie... Ce sera alors la fin de son espèce.

La protek repousse ces pensées défaitistes. Kar-El et Onésime ont encore une chance de réussir là où elle a failli. Et tant qu'elle reste en vie, rien ne la fera renoncer à servir la vieille Humanité !

Plus tôt dans la journée, les ursiniens ont effectué une halte en bordure d'un lac, le temps d'abreuver et nourrir leurs montures. Shi-Ma a alors assisté à une fascinante partie de pêche à pattes nues, à laquelle le général lui-même a participé. Débarrassés de leur armure, les Purs ont plongé jusqu'à la taille et patiemment guetté les mouvements des poissons, avant de les expédier sur le rivage d'un vif revers de griffes, en grognant de plaisir. À ce moment-là, rien ne les différenciait de leurs ancêtres ours blancs. Et quand Zord lui a offert une part du saumon fraîchement tué, elle ne s'est pas retenue d'en dévorer la chair crue à belles dents. Le général a lancé un commentaire à ses guerriers. Tous se sont esclaffés de l'équivalent d'un éclat de rire. Shi-Ma a ravalé sa fierté, trop heureuse de combler sa faim. Depuis, elle est plus que déterminée à ne pas abandonner le combat pour les siens.

À présent, la température s'abaisse au point qu'elle se croirait de retour dans son cocon de temps-suspendu, sur le point d'être congelée et endormie. Elle ne peut contenir ses tremblements dans sa combinaison trop mince. Aussi se colle-t-elle à la fourrure du général pour lui voler un peu de chaleur, s'en voulant de cette démonstration de faiblesse.

Au moins Zord la laisse-t-il faire sans chercher à repousser sa prisonnière. Luttant contre le sommeil, celle-ci se demande quand l'interminable ascension prendra fin et ce qu'elle découvrira au sommet de la montagne.

Encore un peu de patience, quelques heures tout au plus, estime-t-elle. Une fois au sommet, sa curiosité sera satisfaite – si le froid n'a pas eu raison d'elle d'ici là !

21. UNE FORCE REDOUTABLE

Kar-El se précipite dans l'atelier en s'écriant :

— Tous aux abris ! On nous attaque !

Le guerrier à la hache surgit derrière lui après avoir repoussé le portail d'un violent coup d'épaule. Comme pris de furie, il se met à démolir tout ce qui se dresse sur son passage. Le tekno cherche une arme du regard, veut s'emparer d'un marteau bien trop lourd pour qu'il puisse le manier, renonce et se faufile parmi le bric-à-brac de Bélisaire sans apercevoir Lorki ni Grysard…

— Écartez-vous ! lance alors la voix du savant.

Kar-El bondit sur le côté, d'instinct. Le petit ours à lunettes paraît avec une tresse de fils métalliques entre ses pattes gantées, s'interposant courageusement entre l'humain et son poursuivant.

Ce dernier marque un temps d'arrêt en découvrant cet adversaire insignifiant. Il lâche un ricanement plein de mépris, puis relève sa hache. Kar-El voudrait implorer Grysard de fuir avant que le fer ne s'abatte et ne le fende comme une bûche, mais il n'en a pas l'occasion.

— Maintenant, Lorki ! s'exclame le savant en se jetant sur le combattant. Toute la puissance !

Un grésillement emplit l'atelier, ainsi que l'odeur du poil brûlé, lorsqu'une décharge électrique secoue le guerrier. De la fumée s'échappe de sous son armure. Il finit par s'affaisser aux pieds de son vainqueur dans un tintamarre d'acier.

— Triomphe de l'intelligence sur la force, déclare Grysard, tout tremblant. N'empêche, c'était moins une !

— Mais votre stratégie a payé, maître Grysard, le félicite Lorki depuis les commandes de la machine fabriquée pendant la nuit. Cette force électrique est vraiment redoutable !

— Nous ferions mieux de l'attacher solidement avant qu'il reprenne connaissance, conseille Kar-El. Merci à tous les deux pour votre intervention. Je crois que vous m'avez sauvé la vie…

Attiré par le vacarme, Bélisaire déboule de sa chambre dans sa chemise de nuit moulante, effaré par ce qu'il découvre. Oggir et Gragg ne tardent pas à reparaître eux aussi, trempés après leur bain forcé dans le fleuve.

— S'agit-il de l'assassin ? leur demande le diplomate en désignant le guerrier étendu sur le plancher.

Le grizzli et le kodiak opinent, l'air penaud.

— Comment a-t-il pu vous surprendre ? Ne l'avez-vous pas senti arriver ?

Les compères se justifient avec une rare volubilité :

— Beaucoup…

— D'odeurs…

— Différentes…

— Partout…

— Autour…

— De nous...

— Dans la cité...

— Panse-Ronde !

Cela représente bien des mots pour eux. Mais personne ne leur en veut, dans la mesure où le drame a été évité de justesse grâce à l'ingéniosité du savant.

— Est-ce l'un des vôtres ? insiste Lorki. Un soldat de l'armée du général Zord ?

Oggir et Gragg remuent le museau de droite à gauche.

— Alors il ne peut s'agir que d'un Fer-Croc, conclut le diplomate. Cela confirme les soupçons de Mahénielle.

— Quels soupçons ? s'étonne Grysard.

— Elle se doute depuis un moment du double jeu mené par le chef de l'armée, sans en avoir la preuve. Aussi m'a-t-elle chargé d'en trouver une, afin qu'elle puisse dévoiler la machination du général devant le Conseil des Purs. Et obtenir sa condamnation, bien sûr !

— Elle ne vous a donc pas joint à cette mission pour vos seuls talents de diplomate.

— Mais aussi d'espion, ce qui revient souvent au même dans l'univers des Purs. Ne soyez pas déçu, maître Grysard. Grâce à vous, j'ai découvert les éléments qui manquaient à ma compréhension de cette affaire. Voyez-vous, pour contrôler la rébellion des Fer-Crocs, Zord avait besoin d'un complice haut placé dans le clan d'Azaëlle…

— Et il s'agissait de son propre fils, complète le savant.

— Illya, oui. Qui a dû lui-même expédier ce guerrier à notre rencontre. Mais c'est Zord qui a tout manigancé, dévoré par son ambition. D'abord, obéissant à Mahénielle, il désigne pour nous protéger deux soldats assez peu compétents – navré pour ma franchise, Oggir et Gragg, mais c'est la vérité ! Ensuite, il ordonne à Illya de régler de façon définitive le problème que vous lui posez, maître Grysard. Ainsi, en cas d'échec, rien ne pourra l'accuser. Les Fer-Crocs seront jugés responsables, ce qui motivera d'autant leur élimination par les Purs. Le général pourra alors mener sa guerre sans que Mahénielle ne puisse s'y opposer. À tous les coups, Zord s'en sort gagnant et peut réclamer au Conseil les pleins pouvoirs…

— Sauf qu'il n'avait pas imaginé que les sans-poils s'en mêleraient.

— Qui l'aurait pu, franchement ?

Bélisaire rompt le silence en lorgnant Kar-El d'un drôle d'air – pas terrorisé, plutôt intéressé :

— Qu'êtes-vous donc, au juste ? Je vous avais pris pour un commun maigrelet, le jeune assistant de Grysard. Mais je n'ai jamais rien vu d'aussi bizarre que vous !

Le tekno réalise qu'il s'expose à la vue de tous sans la pèlerine de Lorki, abandonnée dans le fouillis pendant les travaux. Le moment est peut-être venu d'accorder son entière confiance aux ursiniens.

— Je suis un humain. J'appartiens à l'espèce qui dominait ce monde avant la vôtre…

Mais un son qu'il n'aurait jamais cru entendre de nouveau couvre ses paroles et les éparpille. Un terrible rugissement, qui enfle au point de faire trembler les murs et le plafond de l'atelier…

… Celui des réacteurs d'une navette en train de se poser sur son toit !

22. CONFRONTATION AU SOMMET

Les immenses tours de glace s'embrasent aux premiers feux de l'aurore. Elles forment une couronne de joyaux au sommet de la montagne. Shi-Ma doit se tordre le cou pour les admirer en entier tant elles s'élèvent haut !

Des milliers de silhouettes d'ours sculptées en décorent les façades. Mais l'accès à cet improbable palais est encore plus spectaculaire. En guise de portail, une gueule gigantesque s'ouvre en grand.

Ses crocs sont comme des stalactites et stalagmites géantes entre lesquelles s'avance le convoi du général Zord.

Chacun des guerriers Purs salue la titanesque représentation en levant vers elle une patte griffue. *Ils vénèrent cette figure démesurée*, constate Shi-Ma, à bout de forces après une interminable nuit d'ascension. *Sûrement une de leurs divinités...*

La protek n'est pas encore au bout de ses surprises. Un tunnel de glace prolonge cette entrée. Des lanternes y font régner une clarté blanc bleuté. Le sol suit une pente inclinée. Le cortège s'enfonce dans les profondeurs sans que personne n'essaie de l'arrêter, jusqu'au moment de mettre patte à terre.

La température a alors remonté de quelques degrés, presque supportable pour la jeune humaine. Ici, des galeries partent dans toutes les directions. Une légion d'ours noirs et bruns s'y agitent. Ils s'inclinent devant Zord et s'écartent de sa garde. Des serviteurs, de toute évidence. Shi-Ma remarque qu'aucun n'ose croiser le regard du général.

Zord attrape la chaîne de sa prisonnière et l'entraîne plus loin dans le labyrinthe, toujours sous bonne escorte. Peu à peu, le décor évolue. La roche affleure les parois glacées. Des tentures colorées habillent ces murs taillés à même le cœur de la montagne. La protek y distingue des scènes de bataille, des portraits d'ours blancs fièrement campés sur leurs pattes postérieures. Toute une histoire incompréhensible pour elle, mais qui plonge ses racines assez loin dans le temps, à en juger par la succession de styles adoptés par les tisserands.

Enfin, le général pénètre dans une vaste caverne où s'infiltrent quelques rais de lumière naturelle, depuis les ouvertures pratiquées dans une voûte inaccessible. Là, assis sur des fauteuils de pierre disposés en cercle, l'accueillent une vingtaine de ses semblables, à la fourrure ornée de bijoux étincelants.

Les Purs poussent des grognements de surprise en découvrant Shi-Ma. Certains se redressent, l'air effaré. D'autres entament des échanges vifs et passionnés. Zord se met à gronder plus fort que toute l'assemblée. Il pointe tour à tour chacun de ses membres comme s'il les accusait.

Ce qui semble être le cas, puisque les gardes du général procèdent alors à ce qu'elle comprend être leur arrestation. Des protestations fusent, mais

Zord les ignore. Les guerriers évacuent les nouveaux prisonniers sous la contrainte. Bientôt il ne reste plus qu'un Pur en plus du général.

Ou plutôt *une*, devine Shi-Ma à la manière dont elle s'exprime et à son apparence. Une conversation s'engage, ponctuée d'éclats de colère. Aucun doute, ces deux-là ne s'apprécient pas !

La femelle, Mahénielle, tient tête à Zord avec aplomb… jusqu'à ce que le général dégaine sa monstrueuse épée et menace de la transpercer. Shi-Ma se tend, muscles crispés, prête à intervenir.

Mais la confrontation prend fin car la Pure adopte une posture de soumission, les oreilles couchées et le museau pointé au sol, à la grande joie de son adversaire qui jubile d'un rire triomphal…

Onésime lève les yeux dès qu'il perçoit le sifflement strident annonçant l'arrivée d'une navette.

— Hourrah ! Ça a marché ! s'écrie-t-il alors que le vaisseau pointe son bouclier thermique à travers les nuages.

Le biotik agite les bras pour signaler sa position. La panique s'empare des Fer-Crocs, jusqu'à ce qu'Azaëlle ordonne le retour au calme.

L'engin décrit un cercle au-dessus de la colonne des exilés. Puis il se pose au milieu des hautes herbes dans le fracas de ses réacteurs. Oursons et communs se maintiennent à distance prudente, protégés par les combattants, arbalètes dirigées sur la porte du sas…

… qui se soulève pour laisser paraître Kar-El, flanqué de Grysard, Lorki, Oggir et Gragg.

— C'était donc vrai, les salue Azaëlle, les sans-poils arrivent du ciel…

Comme Celki assure de nouveau la traduction, Onésime peut lui apporter cette précision :

— De beaucoup plus loin encore, mais avant cela nous sommes partis de ce monde, il y a très, très longtemps !

— Pourquoi l'avez-vous quitté ? demande la vieille ourse.

— C'est une longue histoire, lui répond Kar-El. Nous vous la raconterons plus tard. D'abord, mettons un terme à votre guerre…

— Si tu crois que ta machine volante effraiera le général, tu te trompes.

— Je ne compte pas le laisser me surprendre une seconde fois. Ni lui donner la moindre chance d'utiliser encore ses satanées fusées. Il est temps de lui montrer ce dont les humains sont capables quand ils se mettent en rogne !

— Reste à savoir où le trouver, dit Grysard en soupirant.

Apercevant Illya auprès de sa mère, Lorki intervient alors :

— Toi, je suis sûr que tu connais son plan ! Zord n'a sûrement pas pu s'empêcher de s'en vanter. Je vous ai vus discuter sur le champ de bataille, avant qu'il ne te récompense de l'avoir servi en te plongeant son épée dans les entrailles…

Le diplomate s'interrompt, perplexe, avant de s'étonner :

— Tu ne devrais d'ailleurs pas être mort ?

— Si, mais le sombre sans-poils m'a ramené du côté des vivants.

Onésime esquisse un sourire à l'attention de Kar-El, en lui susurrant « médikaide ».

— Je lui en suis reconnaissant, ajoute Illya. Je ne méritais pas un tel traitement… Zord a dû regagner le Mont Pur pour annoncer la destruction de notre territoire. Et profiter de cette victoire pour écarter les membres du Conseil. Il a toujours eu comme objectif de les remplacer. Et régner sans partage sur les clans… Les Fer-Crocs devaient servir d'exemple. Après nous avoir matés, qui oserait contester son pouvoir ? Même pas l'Ours-Père !

— S'il a déjà atteint le palais, maugrée le diplomate, on ne pourra jamais l'en déloger. Il sera capable de soutenir un siège jusqu'à épuisement des assaillants.

— Je ne compte pas lui opposer une armée, dit Kar-El. J'ai bien plus efficace dans ma manche, je vous le rappelle…

— Le rayon *la-serre* ! s'exclame Grysard avec une joie enfantine, pressé de découvrir une nouvelle merveille scientifique.

— Laser, corrige le tekno. Que diriez-vous d'une petite démonstration de ses capacités ?

Un rapide vol de reconnaissance permet de délimiter la zone ravagée par l'incendie sur le territoire des Fer-Crocs.

Par l'intermédiaire de la radio, Celki se connecte aux commandes du laser de la Nef. Quelques millisecondes plus tard, un faisceau rougeoyant jaillit des nuées. Sous le contrôle de l'IA, il trace autour du brasier une large bande de terre dénudée, qui l'empêchera de se propager. L'opération ne prend pas plus d'une minute, malgré les centaines de kilomètres carrés concernés.

Puis Celki expédie des drones de détection dans les environs, pour repérer le point de départ des fusées tirées par le général. Elle calcule ensuite de nouvelles coordonnées et procède à un second tir, d'une redoutable précision. Cette fois, le rayon hyper concentré frappe tout droit sa cible.

Une gerbe de poussière et de fumée s'élève au moment de l'explosion des réserves de poudre. Son écho se diffuse dans les vallées et jusque dans la plaine du territoire Panse-Ronde, où les Fer-Crocs l'accueillent avec des cris de joie.

« *Et voilà !* triomphe l'IA. *Zord n'est pas près de recommencer à bombarder qui que ce soit.* »

— Bien joué, ma vieille ! la félicite Kar-El, cramponné aux manettes de la navette.

Il se tourne vers ses passagers, massés dans l'habitacle, pour lancer :

— Maintenant, allons débusquer le général !

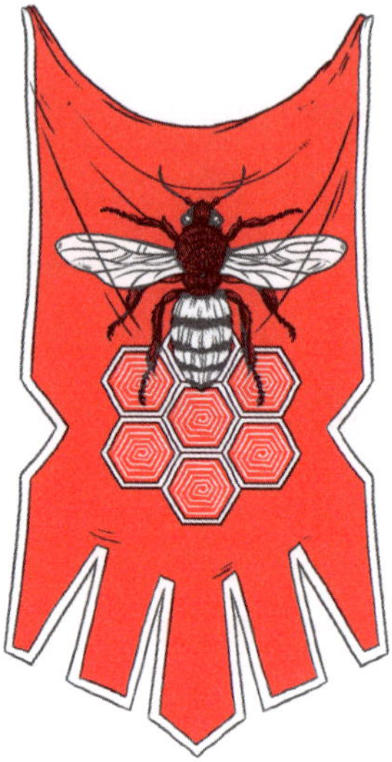

23. RETROUVAILLES

La plainte d'un buccin s'infiltre dans la caverne, répétant trois notes basses et lugubres en alternance.

Zord et la Pure réagissent aussitôt. Le premier montre les crocs, la seconde se redresse de toute sa hauteur, l'air interrogateur.

Le cœur de Shi-Ma se met à battre plus rapidement. Quel que soit son environnement, la protek reconnaîtra toujours le son d'une alarme signalant un danger ou une attaque imminente !

Le général commet alors une erreur par excès de confiance. D'un geste agacé, il envoie ses gardes aux nouvelles. Ceux-ci partent en courant et ne tardent pas à disparaître dans une galerie. L'humaine et les deux ours blancs restent seuls au milieu de la salle aux fauteuils de pierre vides.

Shi-Ma sait qu'elle n'aura pas d'autre chance. Saisissant la chaîne de sa laisse à pleines mains, elle bondit sur le dos de Zord et la lui enroule autour du cou. Puis elle serre de toutes ses forces, les genoux appuyés entre les omoplates du colosse. Si elle le prive d'air assez longtemps, il finira par perdre connaissance…

Mais le général fait montre d'une incroyable résistance. Il se débat et éjecte son assaillante. Shi-Ma roule sur le sol, se relève en position de combat. Zord ne prend même pas la peine de ramasser son épée, tombée de sa patte quand la protek l'a attaqué. Toutes griffes dehors, il se rue sur elle à une vitesse surprenante.

Les réflexes de la jeune femme lui évitent de se faire déchirer le ventre. Mais plusieurs griffes aussi acérées que des lames de couteau lui labourent le flanc. La douleur jaillit en même temps qu'un flot de sang. Sous le choc, Shi-Ma recule, déséquilibrée, avant de s'effondrer.

Elle a raté son coup. Maintenant, elle va payer…

Les yeux du général flamboient de rage sauvage. Il pousse un grondement effrayant et sa patte est prête à s'abattre au niveau de la tête de son adversaire. Shi-Ma s'imagine déjà décapitée…

Au lieu de quoi, Zord tressaute en lâchant un hoquet de surprise. Il se retourne en titubant vers la Pure. Shi-Ma découvre alors la garde de l'épée dépassant entre deux pièces de l'armure. La fourrure du guerrier rougit de plus en plus. Il tente de retirer la lame qui lui perfore le poumon, en vain.

Mais le général ne s'avoue pas encore vaincu. Dans un brusque sursaut, il se jette à la gorge de Mahénielle en ouvrant la gueule en grand, prêt à déchiqueter la chair tendre de son cou. Heureusement pour la Pure, la blessure de son assaillant ralentit ses réflexes et elle peut se dérober à la dernière seconde, répliquant même d'un coup de griffes au flanc. Zord tente alors de lui déchirer le poitrail, mais il est trop affaibli par la perte de sang pour y parvenir.

Finalement, il s'agenouille en râlant devant celle qui vient de le terrasser, peut-être dans l'attente du coup de grâce. Sauf qu'à présent, la Pure l'ignore. Elle soulève Shi-Ma avec une étonnante délicatesse, lui retire son collier et sa chaîne. Puis elle l'emporte dans le dédale des galeries souterraines, tandis que la trompette continue de sonner l'alerte…

Un faisceau rougeoyant perce les nuées. Il frappe de plein fouet la monstrueuse gueule d'ours à l'entrée du palais. Celle-ci se disloque en blocs de glace de plusieurs tonnes qui s'effondrent dans un énorme craquement.

— Vous venez de détruire l'Ours-Père, indique Lorki à Kar-El. Une de ses représentations, du moins !

— Un simple avertissement, réplique le tekno. S'il faut abattre chacune des tours pour que Zord comprenne qu'il doit se rendre, je n'hésiterai pas…

— On pourra l'éviter, dit Onésime en tendant l'index pour désigner les silhouettes qui viennent d'apparaître au sommet des remparts, face à la navette en vol stationnaire. Regarde, c'est Shi-Ma !

— Et dame Mahénielle, complète Grysard. Elle nous fait signe d'arrêter les tirs, je crois.

— Shi-Ma aussi, complète le biotik. Mais pourquoi ne se tient-elle pas debout ? Elle est peut-être blessée… Dépêche-toi d'atterrir, qu'est-ce que tu attends, bon sang !

— Et si c'était un piège ? hésite Kar-El.

— Sûrement pas, assure Lorki. Mahénielle est la plus farouche ennemie du général parmi les membres du Conseil. Vous pouvez avoir une totale confiance en elle.

« *Je ne détecte rien de suspect*, renchérit Celki, connectée aux drones envoyés en éclaireurs au-dessus du palais. *Notre irruption a provoqué pas mal d'agitation, mais il semble que cette* ursus maritimus *a ramené le calme parmi la troupe. Vous pouvez poser la navette dans la cour principale. Je continuerai d'ouvrir l'œil depuis le ciel, juste au cas où !* »

Kar-El s'exécute avec application. Les réacteurs vaporisent une épaisse couche de glace pendant l'opération, mais le froid qui règne à cette altitude limite les dégâts.

Lorki s'extirpe le premier du sas, suivi par Grysard, Oggir et Gragg. Le grizzli et le kodiak échangent des regards inquiets. La garde des

Purs s'est rassemblée autour du vaisseau, piques à crochets en patte, dans l'attente d'un ordre clair. S'ils décident de passer à l'attaque, c'est la fin de l'aventure !

Kar-El s'attend à voir Zord surgir de sa cachette. Mais c'est Mahénielle qui s'avance sans crainte à leur rencontre, portant toujours Shi-Ma à bout de bras.

La protek n'a pas l'air très vaillante. Cela ne l'empêche nullement de sourire à ses amis.

— J'ai failli attendre... Qu'est-ce que vous avez fichu pendant tout ce temps ?

— On a un peu visité le pays chacun de son côté, ironise Onésime pour masquer son inquiétude. Que t'est-il arrivé ?

— Une petite discussion avec le général... Qui a mal tourné... Pour moi comme pour lui !

— Ça va vite s'arranger, promet Kar-El en déballant la médikaide de la navette.

Quelques instants plus tard, en effet, Shi-Ma peut à nouveau se tenir sur ses pieds, bien que vacillante. Les nanobots ont ressoudé ses plaies, rempli son organisme d'antidouleurs. Elle s'approche du biotik et du tekno, un sourire aux lèvres. Kar-El se sent honteux d'avoir dû l'abandonner entre les griffes des Purs. Lui a-t-elle pardonné ?

Il est vite rassuré quand Shi-Ma les étreint, Onésime et lui, dans la même embrassade.

— J'ai bien cru ne plus vous revoir, confie-t-elle à voix basse. Même cette enquiquineuse d'IA commençait à me manquer !

« *Je vous ai entendue, mais je vais mettre vos propos sur le compte de l'émotion* », plaisante l'intéressée.

Mahénielle a pris le temps d'observer chacun des trois humains pendant leurs retrouvailles. Elle ne paraît pas aussi surprise par leur attitude et les prouesses de leurs machines que les autres ursiniens.

— Maître Grysard, dit-elle, tu as accompli ta mission avec succès. Je t'en félicite.

— J'ai beaucoup appris sur la chose tombée du ciel, confirme le savant. Et votre espion a découvert la preuve de la machination du général Zord, ajoute-t-il sur un ton pincé en désignant Lorki.

— Pardonne-moi de t'avoir menti à son sujet et à propos de ton but véritable. Mais c'était plus prudent.

— Je ne vous en veux pas, Altesse…

— Alors, cesse de m'appeler ainsi. Je te considère désormais comme un ami. Au point que tu mérites de connaître le secret du Mont Pur.

Mahénielle s'adresse ensuite aux soldats :

— Surveillez la machine volante. Que personne ne s'en approche à moins de dix pas. Ah, et qu'on libère les membres du Conseil ! J'annule l'ordre d'emprisonnement donné par Zord. Puisqu'il rêvait de la prendre, enfermez-le à leur place. Dès qu'il sera guéri, si la Grande Mère lui accorde cette grâce, il sera jugé pour sa trahison. En attendant, c'est moi qui assurerai votre commandement… Pas d'objections ?

Après une brève hésitation, tous les guerriers se figent au garde-à-vous. La Pure s'engage alors en direction d'une galerie creusée dans une muraille de glace, faisant signe aux humains ainsi qu'à Lorki et Grysard de lui emboîter le pas.

— Vous deux, ajoute-t-elle pour Oggir et Gragg, attendez là et assurez-vous que personne ne nous suit !

24. LE SECRET DU MONT PUR

La petite troupe menée par Mahénielle emprunte un escalier de pierre qui s'enfonce en tournant sur lui-même assez loin dans les entrailles du Mont Pur. La lanterne décrochée au sommet par l'ourse à la fourrure blanche est bientôt la seule source de clarté.

Kar-El, Shi-Ma et Onésime demeurent sur le qui-vive. Les garçons aident la protek, affaiblie, en la laissant s'appuyer sur eux. Derrière eux, Grysard et Lorki ferment la marche en silence. On n'entend que l'écho de leurs pas et le souffle de leur respiration. Enfin, après une descente interminable, ils posent le pied sur un sol lisse et ferme, sur lequel résonne le talon des bottes humaines.

— Du métal ? s'étonne le tekno. Comment est-ce possible ?

Sa voix se répercute dans un espace beaucoup plus vaste qu'une simple galerie. Mahénielle appuie sur un bouton et une lumière artificielle se répand, révélant une surprenante installation.

Des rangées d'armoires vitrées s'alignent sur des centaines de mètres. Leurs étagères réfrigérées débordent de récipients et d'éprouvettes.

— Qu'est-ce que c'est ? demande Grysard.

— J'espère que tes nouveaux amis nous l'apprendront, répond Mahénielle. Parce que tout ça leur appartient, ou plutôt à leur espèce.

Pour preuve, elle indique un panneau où s'affichent des silhouettes humaines. Un texte imprimé en plusieurs langues y figure également.

« *Nous sommes dans un laboratoire de la dernière chance*, explique Celki après avoir scanné les inscriptions. *Ici sont conservés les échantillons de prélèvements ADN de chaque représentant de la faune et de la flore d'avant le Cataclysme. Mais ce n'est pas tout…* »

L'IA marque une pause peu banale pour une bavarde comme elle.

— Quoi ? s'impatiente Kar-El. On ne va quand même pas te supplier de parler !

« *Désolée, j'étais en communication avec le gardien de ce sanctuaire. Le pauvre est un peu lent et ses capacités mémorielles s'avèrent limitées. Ses processeurs sont carrément des antiquités !* »

— Un ordinateur encore en état de fonctionner ? s'enquiert Onésime, intrigué.

« *Un modèle archaïque mais robuste, alimenté par une pile nucléaire, chargé de conserver les prélèvements à température ambiante. Son IA est rudimentaire, une enfant comparée à moi ! Mais ce qu'elle m'a raconté vous intéressera…* »

— Et si tu arrêtais de faire tant de mystères ? suggère Shi-Ma. Accouche, à la fin ! Tout le monde t'écoute !

« *Voilà, voilà… Le temps de sélectionner les bons enregistrements dans les fichiers de mon camarade numérique… Quelques images valent mieux qu'un long discours, pas vrai ?* »

Une projection holographique s'anime alors face aux humains et aux ursiniens. Elle montre un couple d'ours bruns tout ce qu'il y a de commun, nus et reposant sur leurs quatre pattes. Autour d'eux s'agite une équipe de scientifiques en blouse blanche.

« *Permettez-moi de vous présenter les Adam et Ève du nouveau monde…* »

— L'Ours-Père et la Grande Mère, souffle Mahénielle avec respect.

« *De lointains ancêtres génétiquement modifiés pour survivre aux évolutions de leur environnement. C'était la solution trouvée pour leur éviter de disparaître. Mais le Cataclysme est arrivé plus vite que l'Humanité ne l'avait prévu. Les derniers hommes ont fui à bord de la Nef à destination de Proxima, abandonnant leurs ultimes créations derrière eux. Sans se douter à quel point ces dernières allaient réussir à s'adapter !* »

Les images en 3D se mettent à défiler en accéléré. On voit les ours se multiplier, se redresser génération après génération sur leurs pattes postérieures et manipuler des objets de plus en plus complexes. De nouvelles sous-espèces apparaissent, issues des incubateurs contrôlés par l'ordinateur. Finalement, elles essaiment hors du laboratoire. D'abord, elles occupent la chaîne de montagnes, puis se dispersent dans les vallées et les plaines du sud, regagnées par la forêt. Certaines s'aventurent dans l'immensité du désert qui s'étend de l'autre côté des crêtes, au nord. D'autres construisent des esquifs et s'embarquent sur les rivières et les fleuves, à destination de la mer…

La dernière scène reconstituée par le vieil ordinateur se fige. « *C'était il y a plus de neuf mille ans*, précise Celki. *Les enregistrements s'arrêtent là, faute de nouvelles données.* »

Pendant quelques instants, personne n'ose reprendre la parole. Onésime se décide enfin :

— Incroyable ! Extraordinaire ! L'évolution en marche ! Et vous avez vu ça ? Les ursiniens sont allés bien plus loin qu'on ne le supposait. Imaginez ce qu'ils ont pu découvrir et construire…

Le biotik n'en dit pas plus. Une sirène lance un mugissement si puissant qu'il le frappe comme un coup de poing à l'estomac. De vives lumières rouges se mettent à clignoter partout dans le laboratoire. Des volets d'acier sortent du plafond pour bloquer chacune des issues, emprisonnant ours et humains.

L'affolement se lit dans les yeux de Lorki, Grysard et Mahénielle, qui grondent en montrant les crocs.

Shi-Ma attrape par réflexe la main d'Onésime et la serre dans la sienne. Le geste ravirait le biotik s'il se trouvait dans son état normal, mais la peur le paralyse.

Kar-El approche le bracekom au plus près de ses lèvres et demande à Celki ce qui se passe. Il se colle ensuite l'appareil à l'oreille pour percevoir la réponse de l'IA par-dessus le vacarme de l'alarme :

« *Ce stupide ordinateur préhistorique vient de passer en mode défensif. Je crois qu'il a détecté une attaque…* »

À SUIVRE !

ÉCLAIR+
DES ROMANS COUPS DE FOUDRE !

Si cette aventure t'a plu,
n'hésite pas à nous **envoyer un message**
à l'adresse *clubromans@auzou.com*
pour nous dire ce que tu en as pensé,
et retrouve la **communauté romans**
et des contenus exclusifs sur *auzou.fr* !

À ton avis, que va-t-il se passer
dans la **prochaine aventure** ?
Qu'arrivera-t-il à Kar-El,
Onésime, Shi-Ma et Grysard ?

•

Est-ce que la **couverture** t'a plu ?
Imagine la couverture du tome 2
avec ton ou tes personnages préférés,
et envoie-la-nous par mail (*clubromans@auzou.com*)
ou par courrier (à l'adresse Auzou romans,
24-32 rue des Amandiers, 75020 Paris),
tu seras peut-être **publié** dans le prochain tome !

•

Tu peux aussi faire le **quiz**
et découvrir ta **caste** sur *www.auzou.fr* !